藏在地图里的
世界名著
海底两万里

［法］儒勒·凡尔纳 著　　尚青云简 编绘

U0404163

北京理工大学出版社
BEIJING INSTITUTE OF TECHNOLOGY PRESS

版权专有　侵权必究

图书在版编目（CIP）数据

海底两万里 /（法）儒勒·凡尔纳著；尚青云简编绘. -- 北京：北京理工大学出版社，2024.2
（藏在地图里的世界名著）
ISBN 978-7-5763-3123-3

Ⅰ.①海… Ⅱ.①儒…②尚… Ⅲ.①幻想小说-法国-近代 Ⅳ.①I565.44

中国国家版本馆CIP数据核字（2023）第212264号

海底两万里

责任编辑：张文峰　顾学云		**文案编辑**：张文峰　顾学云	
责任校对：周瑞红		**责任印制**：李志强	

出版发行 /	北京理工大学出版社有限责任公司
社　　址 /	北京市丰台区四合庄路6号
邮　　编 /	100070
电　　话 /	（010）68944451（大众售后服务热线）
	（010）68912824（大众售后服务热线）
网　　址 /	http://www.bitpress.com.cn

版 印 次 /	2024年2月第1版第1次印刷
印　　刷 /	河北盛世彩捷印刷有限公司
开　　本 /	787 mm×1092 mm　1/16
印　　张 /	7.5
字　　数 /	96千字
审 图 号 /	GS京（2023）1893号
定　　价 /	180.00元（套装共5册）

图书出现印装质量问题，请拨打售后服务热线，本社负责调换

阅读，让孩子看世界

美国著名诗人沃尔特·惠特曼在他的诗《有一个孩子向前走去》中这样写道：

"有一个孩子每天向前走去，

他看见最初的东西，他就倾向那东西，

于是那东西就变成了他的一部分，

在那一天，或在那一天的一部分，

或继续好几年，或好几年形成的周期……"

如果孩子看到"最初的东西"是这套世界名著？那么它将怎样影响孩子的一生呢？世界名著不仅能让孩子领略大文豪们的风采，还能感悟那些藏在故事中的人生哲理，让他们成为思想深刻的人。但是，如何选择一套适合孩子阅读的世界名著呢？既然是世界名著，那么就要让孩子放眼看世界，让他们从阅读中了解更多的国家和城市，拓宽眼界。《藏在地图里的世界名著》是一套用地图与名著巧妙结合的图书，以全新的视角、独特的形式让孩子"读世界名著，知世界地理"。如果你是个文学爱好者，也是个地理狂，那就让我们一起来看看这套特别的世界名著吧！

地理笔记与文中地名相对应，内容丰富、有趣，用语精练。

地图的融入为本书最大特色，地理位置清晰可见。

手绘插图，让故事情节跃然纸上。

目录 CONTENTS

第一章 海怪之谜 /8

第二章 登上"林肯"号 /12

第三章 与海怪激战 /18

第四章 获救 /22

第五章 海底监牢 /24

第六章 我们被囚禁了 /30

第七章 "鹦鹉螺"号 /34

第八章 太平洋暖流 /40

第九章 去海底森林打猎 /44

第十章 万尼科罗群岛 /50

第十一章 "鹦鹉螺"号搁浅 /56

第十二章 被迫昏睡 /62

第十三章 可怜的采珠人 /66

第十四章 阿拉伯海底隧道 /72

第十五章　沸腾的海水 / 76

第十六章　海底宝藏 / 80

第十七章　神秘的亚特兰蒂斯 / 84

第十八章　火山肚里的煤矿 / 86

第十九章　穿越冰山 / 90

第二十章　无人踏足的陆地 / 94

第二十一章　冰墙大脱险 / 98

第二十二章　肉搏巨型章鱼 / 102

第二十三章　神秘的沉船 / 108

第二十四章　海上激战 / 112

第二十五章　逃离"鹦鹉螺"号 / 116

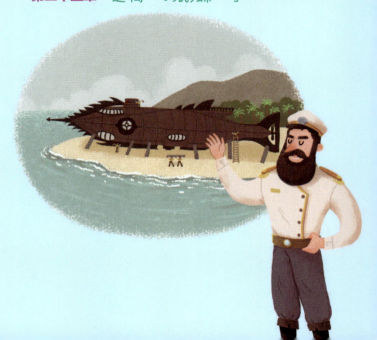

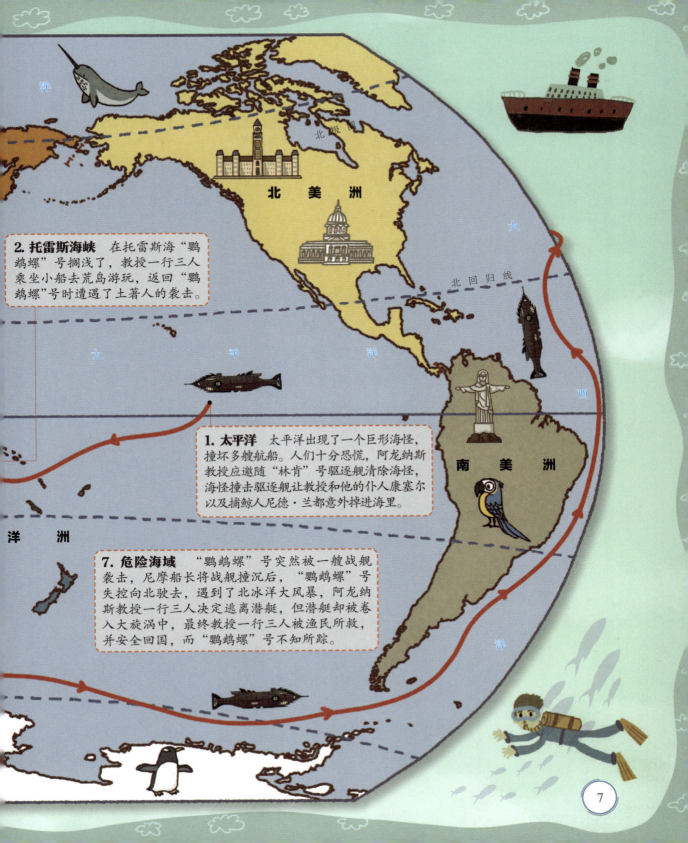

第一章

海怪之谜

1866年，海上发生了一件非常离奇的、无法解释的怪事，让人们感到十分恐慌。许多船只在海上碰见了一个巨大的，长得像纺锤一样的怪物——它身上发着磷光，比鲸鱼还要大得多，游动起来却比鲸鱼快多了。它神出鬼没地出现在各个海域，凡是遇到它的船只，不是被撞坏了，就是消失不见了。

至于海怪究竟有多大，没人能给一个准确的说法：有的说它最少有200英尺①长，还有人说它有1英里②宽，3英里长。但可以肯定的是，它的体积绝对超过了生物学家研究过的海洋中最大的动物——鲸鱼。因为这海怪的个头太大，长得又太奇特，所以世界上最有名望的生物学家们都一致声称，除非他们亲眼看见了这个东西，否则绝对不肯承认有这种怪物生活在地球上。

可就在这年的7月20日，**加尔各答**的一艘汽船就曾在澳大利亚东海岸遇到过这个游动的巨型海怪。当时，船长还以为他们只是撞上了一座不知名的暗礁，就在他要去测定它的准确位置时，这个海怪突然"哗"的一声喷射出两道水柱，射到了150英尺的高空中。船员们既害怕，又纳闷：暗礁是不可能会喷水的呀？看来只有一种可能——它是海怪！这水柱就来自它的鼻孔中。

时隔3天，在太平洋海面上，同样的事情又发生了。

这怪物从**澳大利亚**游

注：① 1 英尺 =0.3048 米
② 1 英里 =1.609344 千米

我的地理笔记

加尔各答

印度第三大城市，位于恒河三角洲地区。

当地气候炎热，就像个大火炉；

最早的居民以烧贝壳、加工贝石灰为生；

在殖民时期，曾作为首都；

拥有许多哥特式、巴洛克建筑，也被称为"宫殿之城"。

弋到太平洋，这速度真是太令人吃惊啦。然后，过了15天，这个怪物又出现在2000海里之外的地方。国营轮船公司的"海尔维地亚"号和皇家邮船公司的"山农"号，在美国和欧洲之间的大西洋海面上相遇的时候，在北纬42°15′、西经60°35′的地方同时看见了它。据目击者说，这个怪物比两艘大轮船首尾连起来还要长。这一发现真是令人震惊！因为，人们迄今为止发现最长的鲸，也只不过是56米。于是，这个海怪立刻成了大明星，在全世界的各大城市中变得家喻户晓，各种各样的小道消息铺天盖地地传播着。有人甚至把它跟北极海中可怕的大白鲸、北海中庞大的怪鱼联系在一起，当然啦，都是把它当成了令人恐怖的怪物。至于这个怪物存在的真实性，人们的观点分成了两派——科学论者和有神论者，双方互不相让，各执一词。后来竟然为"海怪问题"展开了口水战，各方都坚持自己的观点是最正确的。

我的地理笔记

澳大利亚

全称澳大利亚联邦，也叫"澳洲"，首都堪培拉。

大洋洲上最大的国家，国土覆盖了整个大陆；

放养绵羊全球第一，被称为"骑在羊背上的国家"；

考拉、袋鼠和鸭嘴兽是澳洲特有的动物。

真想去袋鼠妈妈的育儿袋里体验一下。

这场争论持续了半年多,就在人们吵累了,快要把这件事遗忘的时候,海上又传来了新消息。这个消息跟以往所有关于这个方面的消息都不同,因为消息说,这个危险的怪物变成了小岛、岩石,甚至一个巨礁,并且是会飞的、漂泊不定的、行动莫测的巨礁!

1867年3月5日,蒙特利尔航海公司的"摩拉维安"号在夜间驶到北纬27°30′、西经72°15′的地方时,船右舷的后半部分突然撞上了一座巨礁,船的一部分龙骨被撞破裂了,而这座巨礁在任何一幅航海图上都找不到。

如果不是因为船体足够坚固,它将会把336名从 加拿大 载来的乘客一起带进海底。

3个星期后,同样的事件又重演了一遍。一艘由世界闻名的,曾经开辟了从 利物浦 到 哈利法克斯 的航线的英国汽船公司制造的汽船"斯戈蒂亚"号,就在风平浪静的海上发生了意外!当时,船正航行在北纬45°37′、西经15°12′的海面上,忽然,乘客们听到甲板上有船员大喊"船要沉了,船要沉了"。船长安德森先稳住乘客,然后他立即跑到底舱检查,发现海水已经浸入了船舱,而且速度十分快。幸好那里没有蒸汽锅炉,否则,后果将非常可怕。

> **我的地理笔记**
>
> 加拿大
>
> 位于北美洲最北端,首都渥太华;
>
> 枫叶是它们的标志,有"枫叶之国"的称号;
>
> 论国土面积,居世界第二,约998万平方千米呢;
>
> 还拥有世界上最长的海岸线,达20多万千米;
>
> 另外,这里还以出产钻石闻名哟。

| 第一章·海怪之谜 |

我的地理笔记

利物浦

英格兰西北部港口城市,也是英格兰核心城市之一;

位于伦敦西北325千米,乘火车到伦敦需两个多小时;

是闻名世界的披头士乐队的故乡。

哈利法克斯

加拿大著名港口城市,有世界第二大自然深水港;

位于新斯科舍省南部的一个半岛上;

战略位置很重要,有"北方卫士"之称。

　　船长立刻下令停船,并派潜水员去检查船体,结果发现船底竟然有个两米长的大洞!至于船是撞上了暗礁,还是撞上了一艘沉没在海底的破船,还是又遇上了海怪,不得而知。而船距离克利尔海岬还有300海里,因此,航船只有减速航行,最后勉强撑到了目的地利物浦。等船驶进公司的码头,已经整整误了三天。在这三天里,利物浦的人们都为它惶恐不安。

　　船一到港,工程师们立即进行检修,大家根本不敢相信眼前的事实:船身上的裂口竟然是个十分规则的三角形!就算是用钻孔机也不能凿得如此整齐啊!最令人难以置信的是,这海怪在戳穿了船身的厚铁皮之后,居然还能安全地脱身逃走。

　　人们更加恐慌了!这个海怪实在是太可怕了!大家不由得想起从前那些无法解释的海难事件,还有那些数量惊人的沉船,以及那些神秘失踪的船只,都一股脑地推到了这个巨型海怪身上。没有人去想这样做是否冤枉了这个可怕的家伙。因为只要它存在一分钟,五大洲之间的航运就变得危险一分。于是,人们态度坚决地要求,要不惜一切代价把这个怪物从地球上消灭掉。

第二章

登上"林肯"号

作为巴黎自然史博物馆的副教授,我始终关注着海怪事件。"斯戈蒂亚"号出事的时候,我刚刚结束在美国的科学考察,准备回到法国。当我回到纽约的时候,这件事正被闹得沸沸扬扬。我曾经出版过一部广受好评的书《海底的秘密》。在很多人眼里,我对海洋学有深入的研究,所以就有人来问我对这个备受关注的海洋怪物的看法。我不能再保持沉默。事实上,我也认为它是一个巨型海怪。于是,在4月30日,我在《论证报》上发表了评论:

"无法探测的海洋深处是如此神秘和不可知,大自然保守着这些秘密。也许在神秘的深海里,有一种我们还不了解的鱼类或者鲸类,在偶然的情况下,因为一时高兴浮上海面。我猜想是一种巨大的独角鲸。

常见的独角鲸,即海麒麟,它体型庞大,有一颗像钢铁一样坚硬的长牙,正是这颗长牙刺穿了那艘巨轮的外壳,因此,我认为这是一只巨大的海麒麟,长着无比坚硬的角。"

我的文章引起了热烈的讨论,很多人对我的观点表示赞同。而且,它鼓励人们去发挥幻想。海洋是幻想的最好源泉,是巨型动物最理想的生长环境,陆地上的大象或犀牛与它们相比较太渺小了。大海里有巨大的鲸类,说不定也有100米长的大虾

> **我的地理笔记**
>
> 加利福尼亚
>
> 位于美国西南部,太平洋东岸;
>
> 全州夏季干旱,冬季多雨;
>
> 东南部有个科罗拉多沙漠,热到鸡蛋都能烤个半熟;

> 州内有斯坦福大学、加州理工学院等名校;
>
> 世界知名的"好莱坞"和"硅谷"也在这个州。

或者200吨重的螃蟹呢!

就在学术界争论不休的时候,另一些人开始提出要除掉这个可怕的怪物,恢复海上的平静。美国首先发表声明展开行动,组织清除独角鲸的远征队。高速战舰"林肯"号被紧急装备起来。就在人们热火朝天地准备出征战斗的时候,那个怪物却消失了。它就像是听到了风声似的躲了起来,整整两个月连面都没露一下。我猜想,估计是因为人们谈论得太多了,让海怪知道了消息,有了防备,不再轻易出来闲逛了。这可急坏了那些远征的人,他们都已经准备好了,就等着跟海怪决战呢!就在人们等得不耐烦的时候,一艘从 加利福尼亚 开往 上海 的汽船,在太平洋北部的海面上又看见了这个怪物。

于是,人们再次骚动起来,一致要求法拉古舰长马上出发,一分钟都不许耽搁,唯恐错过了与海怪交战的时机。其实法拉古舰长本人也巴不得立刻就出发!战舰上装满了食物和日

我的地理笔记

上海

中国国际化大都市,外号"魔都";

位于长江和黄浦江入海汇合处;

周边有中国第一大群岛,舟山群岛;

著名的迪士尼度假区在浦东新区。

美国加利福尼亚到中国上海

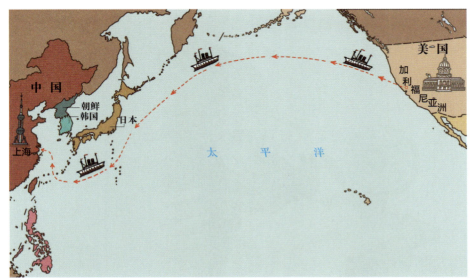

用品，船底也载满了煤，人员全部到齐，就等着生火、加热、解缆，冲向大海了！

就在"林肯"号即将离开布洛克码头前3小时，我收到了一封加急信。

信的内容如下：

"递交 纽约 第五大道旅馆

巴黎 自然科学博物馆教授阿龙纳斯先生：

如果您同意加入"林肯"号远征队，美国政府将很愿意看到这次远征由您代表法国参加。法拉古舰长已在船上留好一个舱房供您使用。

海军部长何伯逊敬上"

读了海军部长的来信，我满脑子就只有一个想法，那就是决定跟随"林肯"号一起去消灭海怪。好像我生下来就是为了做这件事似的，我十分激动，毫不犹豫。

我赶紧找康塞尔。他是我忠实的仆人，一直跟随我四处旅行、探险，并且毫无怨言。他从不冲动也不发火，热心忠厚，又循规蹈矩，最可贵的是遇事冷静，所以我很喜欢他。他总能帮我很多忙——帮我做生物学方面的分类工作，也帮我打理生活琐事。

我的地理笔记

纽约

美国第一大城市，位于纽约州东南部大西洋沿岸；

全球金融中心，一座世界性城市；

摩天大楼最多的地方，有帝国大厦、克莱斯勒大厦等；

纽约时报广场，被称作"世界的十字路口"。

著名的建筑有卢浮宫、埃菲尔铁塔等。

真想去埃菲尔铁塔下面照一张相啊。

我的地理笔记

巴黎

法国的首都,横跨美丽的塞纳河两岸;

世界上最浪漫的都市,最著名的街道是香榭丽舍大道;

是印象派美术的发源地,芭蕾舞的诞生地,也是电影的故乡。

还有两个小时船就要开了,我却找不到康塞尔了。我一着急,便喊了起来:"康塞尔!康塞尔!"

康塞尔还是没出现。我的脑海里不禁打了一个问号:康塞尔这次会跟着我去消灭海怪吗?他对我一向忠诚,可这次我们面临的危险可能非常大,巨型海怪很可能会像咬核桃一样把"林肯"号咬碎,无论是谁,对这样的旅行都会三思而后行的。

在我第三次叫他之后,他终于出现了。

"先生,您是在叫我吗?"

"是的。康塞尔,快收拾一下行李,我们两个小时以后出发。赶快,别耽误了时间。"

"一切听先生的。"康塞尔安静地说,"要回巴黎吗?"

"嗯……要回去……"我含糊地回答,"不过要绕一条远路……我们要搭'林肯'号出发。"

"只要先生觉得合适就行。"康塞尔回答。

"可是,康塞尔,你知道,是关于那头独角鲸……要把它从海上清除掉!虽然这很光荣,但是……非常危险!你好好想一想,也许这会是我们今生最后一次旅行!"

康塞尔却还是很平静地回答:"先生去哪儿,我就去哪儿。"

于是,我们在最短的时间内就准备好了。当我们抵达港口时，只见"林肯"号的两座烟囱正冒着浓密的黑烟。

一位水手领着我见到了"林肯"号战舰的舰长法拉古。

法拉古舰长伸出手来和我相握，问道："您是阿龙纳斯先生吗？"

"是的。"我回答。

"欢迎您啊，教授！您的房间早就为您准备好了。"

寒暄了几句，我便和法拉古舰长分别了。之后水手领我到了我的舱房。"林肯"号的装备非常精良，航行的平均速度可以达到每小时18.3海里。这个速度已经非常快了，但真要跟那只巨大的海怪搏斗的话，恐怕还是不行的。

舱房内的装备完全合乎这次航海任务的要求。我对我所住的船舱满意极了，它位于船的后部，房门对着军官们的餐厅。

"先生，这里就像寄居蟹住在海螺壳中一样的舒服。"康塞尔一本正经地说，开始整理行李。

我走上甲板，观看准备开船的操作。这时候，法拉古舰长命令船员们解开码头缆柱上拴住"林肯"号的铁索。如此看来，如果我晚来一刻钟的话，甚至是更短的时间，我就无缘参加这次航行了，即将要发生的一切神奇的事情也无法看到了。但是，话又说回来，即使我将这次航行真实地记录下来，又有多少人会相信呢。

法拉古舰长不愿意耽误一小时甚至一分钟，命令把船开到"海怪"所在的位置。他对船上的工程师说：

"蒸汽烧足了吗？"

"烧足了，舰长。"工程师回答道。

我的地理笔记

新泽西州

美国东部的一个州，位于美国中大西洋区域；

周围与纽约州、特拉华州、宾夕法尼亚州相邻，东面临靠大西洋；

它面积不算大，却是美国人口密度最高的州；

北部和纽约关系最亲密，很多居民都到纽约去上班；

紫罗兰是这里的州花，它还有"花园州"的美称；

这里制造业非常发达，其中制药业是全美第一名。

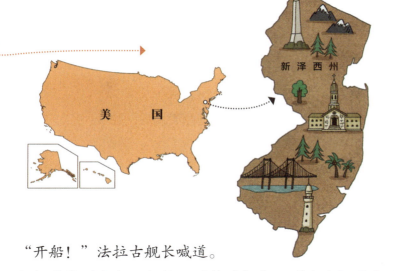

> **我的地理笔记**
>
> 大西洋
>
> 地球上第二大洋；
>
> 位于欧洲、非洲与南、北美洲和南极洲之间；
>
> 呈"S"型，占地球表面面积的近20%；
>
> 相当于欧洲、亚洲、非洲、大洋洲四洲面积的总和。

"开船！"法拉古舰长喊道。

轮机员接到命令，机轮立刻转动起来，"林肯"号威风凛凛地出发了。码头上挤满了观看和送别的人，大家一次次地爆发出发自内心的欢呼声，这声音实在是太过响亮，以至于显得惊天动地。成千上万的人们挥舞着手帕，向"林肯"号致敬。

在欢呼声与尖叫声中，"林肯"号离开码头，直到抵达哈得逊河口——纽约所在的长形半岛的尖端，人群才渐渐散去。沿着 **新泽西州** 海岸，路过岸边的炮台时，炮台鸣礼炮向"林肯"号致意。面对此情此景，法拉古舰长的心情格外激动，他命令"林肯"号将美国国旗连升三次作为答礼。之后，航船便提升了速度，很快便驶入了标着航标的航道。

晚上8点，"林肯"号已经在 **大西洋** 上全速前进，驶向海怪经常出没的海域。

法拉古舰长坚信海怪的存在，他在众人面前发誓要除掉这个海洋怪物。船上的水手们更是严阵以待，他们都抢着去值班侦查。他们不停地在谈论着、争辩着和估计着碰见怪物的各种机会。只要太阳还在空中的时候，船桅边总是挤满了水手，丝毫不怕脚掌踩在船甲板上烫得吃不消。其实，"林肯"号的船头这时还没有沾上太平洋的海水呢。

第三章

与海怪激战

船上的每个人都想在第一时间发现海怪,因为法拉古舰长承诺,谁最先发现海怪,谁就会得到 2000 美元的奖励。"林肯"号准备充分,武器应有尽有,有各种各样的捕鱼器具、铁箭、爆破弹,甚至还有一门大炮!

最令人兴奋的是,"林肯"号上除了种类齐全的杀伤性武器之外,还有一个秘密武器,那就是被称为"鱼叉手之王"的尼德·兰。

尼德·兰是加拿大人,有着矫捷的身手、敏锐的观察力,在这种危险的叉鱼职业中,他还没有碰见过敌手。我觉得法拉古舰长把他请到船上来真是一个英明的决定。毫不夸张地

我的地理笔记

麦哲伦海峡

位于南美洲最南端,是南美大陆与火地岛等岛屿之间的海峡;

也是沟通大西洋和太平洋的通道;

峡湾曲折,长563千米,最窄处只有3千米多一些;

海峡内寒冷多雾,多大风暴,是世界上风浪最猛烈的水域之一;

1520年,航海家麦哲伦首次从这里通过,进入太平洋,从而得名。

麦哲伦很勇敢。

说，这个人就是一架高度望远镜，同时又是一门随时准备发射的大炮。

7月30日，我们已经过了南回归线，与 麦哲伦海峡 相隔700海里的南方，很快，我们的船就抵达了太平洋。但是，海怪究竟在哪里呢？几个月来，我们几乎跑遍了太平洋北部所有的海面，却连它的影子都没有见到。我们看见的只有那浩瀚无边的大海！没有办法，我们只能返航了。

在返航期限即将到来的前一天晚上，"林肯"号正航行在东经136°42′、北纬31°15′的水域。我心情有些沉重，和康塞尔倚靠着甲板的栏杆，凝视着风平浪静的海面。

突然，黑暗中响起了一个声音。"看啊，那怪物出现了！就在我们斜对面呢！"那是尼德·兰的喊声。

这一声惊动了船上所有的人，整条船沸腾了。我们都看到了尼德·兰所指的那个东西。在离"林肯"号右舷数百米的地方，海面被水底下发出的光照亮了。这个怪物能潜伏在水下，也能发出一种非常强烈而又神秘的光，在海面上形成一个巨大的椭圆形光面，中心部分光芒刺目。

我们都看呆了，直到有人喊："看哪！它朝我们冲过来了！"船上立刻骚动起来。

"安静！"法拉古舰长命令说，"稳舵，倒船！"

"林肯"号被紧急刹住了，很快转了个半圆，离开了光源。可那神秘的怪物却不肯罢休，再次加速向我们飞驰而来，然后绕着"林肯"号兜圈子。船上的人都很紧张，感觉这个怪物神出鬼没，随时都可能给我们致命一击。

舰长不想在黑暗中冒险，于是决定和它周旋，等天亮后再想办法怎样对付它。"林肯"号在速度上比不过海怪，干脆缓缓前行。奇怪的是，那怪物也模仿战舰，慢慢地跟在后面，保持着距离。

大约早上8点，尼德·兰

又突然大叫起来:"那怪物就在船左舷后面呢!"

没错,顺着尼德·兰手指的方向,那海怪的尾巴在距战舰3米的海面上扫出了一个巨大的旋涡。"林肯"号小心地靠近着,突然,它喷射出两道高高的水柱,直蹿入10米的高空中!我再次断定这海怪属于鲸类。

战斗的号角吹响了,"林肯"号加快速度,径直向怪物冲去。但是这怪物显得满不在乎,战舰离它半锚远的时候,它也仅略作逃避的样子。双方僵持了很久,战舰也没办法靠近它。

到了中午,法拉古舰长干脆叫来炮手,说:"我倒要看看它是不是能躲得过我们的炮弹!"一位灰白胡子的老炮手从容地走到炮前,瞄准好久,"轰"的一声炮弹发了出去,打中了!但奇怪的是,炮弹却从海怪的身上滑过去落在了海中。

老炮手气得暴跳如雷。大家只能寄希望于这个怪物精力耗尽。可它丝毫没有显出疲惫的样子。这一天,"林肯"号坚持不懈地行驶着,它的行程绝对超过了500英里!

夜里10点多,怪物的磷光在战舰的前面又亮了起来,一动不动地停在那里。大家都猜想它是白天跑累了,正在睡觉呢。这是个好机会!以前尼德·兰曾多次在鲸鱼昏睡的时候叉中了它们。而现在,尼德·兰正站在船头,高高地举起他那锋利的鱼叉,聚精会神地盯着前方。

战舰悄悄地靠近那个怪物。忽然,只见尼德·兰使劲一甩胳膊,鱼叉投了出去。那鱼叉落在海怪身上,我听见它发出响亮的声音,就像是击中在坚硬的金属上一样。怪物的磷光突然不亮了,两个巨大的浪头同时猛扑上甲板来,冲倒了船上的人,折断了桅杆。接着,船被狠狠地撞了一下,我脚下一滑,被震出了护栏,掉进了大海里。

虽然我是个游泳高手,可一下子沉入大海,还是被吓了一跳。我使劲一蹬浮出水面,去找"林肯"号。"林肯"号在哪里?有没有人发现我落水了?

在夜色中,我隐约看见一团黑黑的东西渐渐远去,那就是我们的"林肯"号!他们没有发现我坠海,他们弃我而去了!

第三章 · 与海怪激战

"救命!救命!"我拼命喊着,可是根本没有用。在我濒临绝望的时候,康塞尔出现了。原来,他为了救我,跳进了海里。他说,"林肯"号的舵和螺旋桨已经坏了,不太可能回来救我们了。

我们在海里游了很长时间。最后,我们都筋疲力尽,头再也抬不起来,慢慢沉了下去……

第四章

获救

突然，我感觉有人在拉我，把我拖到了什么东西上面，然后，我就晕了过去。

不知过了多久，我迷迷糊糊地睁开了眼睛……我看到的不是康塞尔的脸孔，而是另外一个人——尼德·兰。

"尼德·兰先生！你也是在战舰被撞的时候被抛入海里的吗？"

"是的，教授。但我比较幸运，直接落到了这座浮动的小岛上。"

"浮动的小岛？"

"正确地说，就是你们所说的那只海怪。"

"什么？那只海怪！"我惊讶地说。

"教授，其实它根本就不是什么海怪！它是用钢板制成的，这就是我的鱼叉刺向它时，会发出响亮的声音的原因。"

我的天，这怎么可能呢？这个让我们费尽心思、惊慌不已的怪东西，居然是人工制造出来的！这简直太荒谬、太让人震惊了！

人类怎么可能造出这样的东西来呢？我不相信！我很快爬到这个半浸在水中、已经做了我们临时避难所的生物上面。我站起身来，用脚使劲地踢这个半截身子都泡在水中的家伙。它的确没有哺乳动物那样柔软的身体，它的表面是有光泽的，是滑溜溜的，而且坚硬无比。再没什么值得怀疑的了！这个怪东西，这个使整个学术界费尽了心血，使东西两半球的航海家糊里糊涂的东西，现在必须要承认，它是一种更惊人的人工制

> **我的地理笔记**
>
> 南半球
>
> 指赤道以南的半个地球；
>
> 非洲的中部和南部，大洋洲和南美洲的大部分，还有南极洲的全部地区都在南半球的；
>
> 南半球还有南太平洋、南大西洋和印度洋；
>
> 因为海洋面积比陆地面积大很多，所以气候比北半球要温和一些；
>
> 南半球的夏季为12月至2月，冬季为6月至8月，和北半球的四季正好相反的。

造出来的怪东西。

"那么,现在我们是躺在一只潜水艇的脊背上?"我看着它好像是一条巨大的钢鱼,问道,"里面有一套驾驶机器和一批驾驶人员吗?"

"当然有啊,"尼德·兰说,"不过,我在这里已经待了3个小时,没见一点儿动静。"

"这船一直没有走动吗?"

"没有走动,阿龙纳斯先生。它只是随波漂荡,而不是它自己动。所以,如果他们潜入水中,我们就完了!"

他说得很对,一定要想法子进入潜水艇里面去。但脚下的钢板既结实又完整,没有一丝缝隙,我们根本进不去,只好继续等待。至于希望得到法拉古舰长救援的想法,现在完全放弃了。我们被拖着往西方去,船的速度相当缓慢,每小时约12海里。船的推进器搅动海水十分规律,有时船浮出一些,向高空喷出磷光的水柱。

漫漫长夜终于过去, 南半球 的天亮了。我们被拖得头晕眼花,有点儿吃不消了。就在这时候,我们发现这个怪东西正在下沉。哦,天哪,如果它继续下沉,我们将再次被大海吞掉!

第五章

海底监牢

尼德·兰用脚狠踢钢板，愤怒地喊道："喂！鬼东西！快开门呀，不好客的航海人！"

突然，一阵猛然推动铁板的声音从船里面发出来。一块铁板掀起来了，一个人走了出来，这人看见我们后，怪叫了一声，立即又不见了。很快，走出来8个蒙着脸的壮汉，一声不响地把我们带入了他们那个可怕的机器之中。

这8个人像闪电一样把我们带进了潜水艇中。我们在什么地方呢？我说不出来，甚至难以想象，因为我们眼前只有一片漆黑，也没有一点儿声音。我不禁打了个寒战，感觉皮肤都冰凉了。我们在跟谁打交道呢？他们看来无疑是新型的海盗。

"混蛋！哪有你们这样招待客人的？简直就是一群强盗！"对于这种款待方式，脾气暴躁的尼德·兰实在忍不住了，尽情地发泄自己的愤怒。

康塞尔依旧很冷静，轻声地劝说着愤慨中的尼德·兰。

我摸索着朝前走了5步，碰到一堵铁墙，光溜溜的墙壁上面摸不到窗户。接着，我转过身来，又撞上一张木桌，旁边放着几张方凳。

半个小时过去了。我们眼前的极度黑暗突然间转变为极度光明。原来是舱顶上一个半球体发出的光，这

种光和我们在海上见到的海怪发出的光是一样的。这光亮既强烈又洁白,使我不由自主地闭上双眼。过了一会儿,我睁开眼,发现尼德·兰拿出随身携带的刀,摆出一副防卫的架势。

不久,门被打开了,进来两个人,其中的一个是矮个子,黑头发,肌肉发达,四肢健壮,头发蓬松,目光犀利,带有法国 **普罗旺斯** 省人所特有的气质。另一个陌生人从他的外表便可以推测他的个性,他看上去很自信,因为他那双眼睛神态阴郁,沉着冷静地注视着别人;他很镇定,皮肤苍白而不红润,说明他性情平和;他也很坚毅和果敢,深呼吸显示他具有十分强盛的生命力;同时,他又很高傲,他的目光坚定而沉着,似乎反射出高深的思想。

这个人给人一种踏实的感觉,我能够预想到如果和他进行交谈的话,可能会收到良好的效果。他的年纪在40岁左右,

我的地理笔记

普罗旺斯

位于法国东南部,紧挨着地中海和意大利;

著名城市有艾克斯和马赛;马赛有非常传统的手工皂马赛皂,世界闻名;

普罗旺斯还是著名的薰衣草的故乡,并出产优质葡萄酒;

它还是一座"骑士之城",是中世纪骑士抒情诗的发源地。

做个骑士威风凛凛。

普罗旺斯

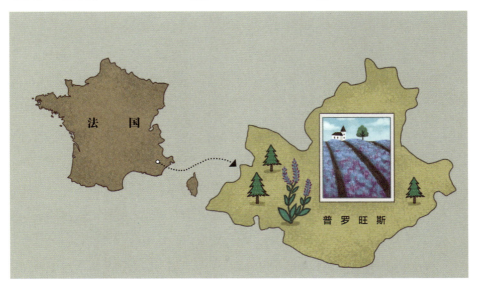

身材高大，五官完美。气质文雅又自信，非常与众不同。可以说，他是目前为止我见到过的最完美的人。

很显然，这个高大的人是这艘船的首领。

他把我们几个浑身上下仔细地打量了一番，却没有说话，而是转身与他的同伴用一种我们完全听不懂的语言交谈了一会儿，然后用询问的眼光看着我。于是，我用纯正的法语详细地讲述了我们的遭遇，每个音节都发得很清晰，一点儿细节都没有遗漏。但他似乎并不知道我在说什么，这种情形令我感到十分难为情。

"先生，讲讲我们各自的身份好了。"康塞尔对我说，"这些先生也许能听明白一些！"

于是，我说出我们的姓名和身份：阿龙纳斯教授，我的仆人康塞尔，鱼叉手尼德·兰。

高个子的人目光温和地听着，一句话也不说。但从他的表情来看，他好像并没有听懂。

或许英语能管用呢，这种在全世界都比较通行的语言，他们没准可以听得懂。我的英语阅读起来没问题，但说起来就没那么流利了。

"来吧，您来吧，"我对鱼叉手说，"尼德·兰，现在轮到您了，请您用地道的英语再说得清楚一点儿。看看他们是不是可以听懂一点儿。"

这位鱼叉大王一点儿也不推脱，把我说过的话又讲了一遍，他神情激动又愤怒地说着，不但引证了《人身保障法》的条文，还用富于表情的手势，让对方明白，我们已经饿得要命。说到这里，我才意识到我们差不多完全忘记自己饿了。令鱼叉手吃惊的是，他的话跟我说的一样，他们依然面无表情，

> **我的地理笔记**
>
> 古罗马
>
> 指从公元前9世纪初在意大利半岛（即亚平宁半岛）中部兴起的国家；
>
> 在公元前2世纪完成疆域扩张，成为横跨欧亚非、称霸地中海的强大帝国；
>
> 15世纪，罗马帝国解体，分离出了意大利等诸多个国家；
>
> 现在，遗存的古罗马建筑有斗兽场、君士坦丁凯旋门、庞培城、万神庙等。

好像还是没听懂。

法语讲过了,英语讲过了,都没用。真是要把人急死了!这时,康塞尔说:"先生,请让我用德语试试看吧!"

没想到康塞尔还会说德语。"真是太好了,我最忠实的小伙子,你快说吧!"我的语气里充满了希望。

康塞尔用他一贯平静的语调,第三次述说了我们的经历。可是,不管讲述人怎样把话说得婉转动听,措辞如何简单明了,但仍然无济于事。我们的尝试又失败了!最后,实在是没有别的办法了,我只好搜肠刮肚,把我从小学到的点滴知识开发出来,试着用拉丁语来讲述我们的遭遇和经过。估计 古罗马 的西塞罗听

著名的政治领袖有恺撒、屋大维、君士坦丁等。

公元前1世纪后期,罗马帝国时代开启,走上了战争扩张之路。

后肯定会堵住耳朵。只是,我们最后一次的尝试结果仍然是失败了,这两个陌生人用我们都听不懂的语言彼此说了几句话,便离开了,甚至连个让人安心的手势也没对我们做一下。门又关起来了。

"简直太无耻了!"这已经是尼德·兰第二十次发怒了,"我从来没有见过这样没有礼貌的人!我们给他们说法语、英语、德语、拉丁语,可是这些混蛋就没有一个人听得懂!怎么?就这样把我们丢在这儿,难道要把我们饿死在这铁笼子里吗?"

"嗨,尼德·兰,安静一些吧,"我说,"发脾气是不能解决任何问题的。"

"算了吧!"康塞尔懂事地说,"我们还是能再坚持下去的!"

"我的好朋友们,"我说,"先不要放弃希望。要知道,在这之前我们的处境更糟糕嘛。"

"唉,语言不通带来的苦恼真是要命!"康塞尔感叹道。

"虽然语言不通,但是我做了要吃东西的手势呀,张张嘴,动动牙床,咬咬牙齿和嘴唇,这意思他们难道也不懂吗?"尼德·兰喊道。

就在我们展开讨论的时候,门打开了。一个仆人进来了,手里拿着衣服,示意是给我们的。衣服的材料很奇特,是我从没见过的。在我们换衣服的时候,侍者把三套精美的餐具和丰盛的食物摆好了,有好几样菜我都没见过,甚至弄不清是荤菜还是素菜,但吃起来非常鲜美。至于桌上的餐具,倒是精美雅致,无可挑剔。无论刀叉匙碟,每一件都刻有一个字母,字母周围刻有一句铭文:动中之动。如果不是因为那照着我们的强光太过刺眼的话,我还恍惚以为自己坐在利物浦,或是巴黎的高档餐厅里呢。不过,食物中没有面包和酒,只有一种很纯净的水。康塞尔和尼德·兰没有丝毫的考虑,只顾狼吞虎咽,我很快也跟着大吃起来。很快,食物就被我们吃了个精光。

庆幸的是,一切都成了过去,我们连续十五个小时没吃没喝的日子终于到了结束的时刻。胃口得到了满足,睡意紧跟着就来了。也是,我们已经同死亡斗争了整整一夜。

"啊,我现在就想好好睡一觉。"康塞尔说。

"是啊,我这就要睡啦!"尼德·兰答道。

我的两个伙伴一头倒在舱房地毯上就呼呼地睡着了。

而疲惫的我却怎么也睡不着,一大堆问题一股脑地塞满了我的脑袋:我们到底在什么地方?这艘怪船要把我们带到哪儿去?它有着什么样的神奇力量?我感到,这船正向海底最深的地方下沉。慢慢地,一阵倦意袭来,我也沉沉地进入了梦乡。在梦里,我看到了好多奇怪的动物向我们奔来……

| 海底两万里 |

第六章

我们被囚禁了

接下来的一段时间，我们一直被关在这间房子里。真不敢想象，我们还要在这牢笼里被关多久。船长曾经带给我们的那一点点希望，如今看来越来越不现实，他那温和的目光、慈善的表情已经变成了一副冷酷无情的面容。

我感到有一种莫名其妙的恐惧侵袭着我。康塞尔还是一副若无其事的样子，而尼德·兰则狂躁得就像猛虎般不停地吼叫，他彻底爆发了。

忽然，这个鲁莽的鱼叉手一把揪住突然开门进来的仆人，把这可怜的仆人扑倒在地，并用尽全力掐着他的脖子。仆人被尼德·兰强有力的大手掐得几乎要窒息了。正当我和康塞尔要去解救仆人的时候，我忽然听到有人用法语说："冷静一点儿，尼德·兰先生！还有您，教授，请听我说！"

说话的人正是那个高个子船长。

我的地理笔记

美洲

全称亚美利加洲，是唯一的整体在西半球的大洲；

分为南美洲和北美洲，著名的巴拿马运河是分界线；

面积达4206.8万平方千米；

主要国家有美国、加拿大、巴西和阿根廷；

美洲的森林资源很丰富，拥有世界上最大的平原亚马孙平原；

森林面积占全洲的三分之一呢。

还有世界最长的山脉安第斯山脉等。

听到这些话，尼德·兰立即站了起来。仆人被掐得几乎透不过气来，然而他并没有表现出任何对尼德·兰的不满，而是在他主人的示意下，踉踉跄跄地走了出去。这说明这位船长在船上有着很高的威信。

船长倚在桌旁，沉默片刻之后，用一种平静的声音说道："先生们，其实，你们昨天所说的一切我全都听懂了，但我当时没有说话，就是想试探一下你们。最后，我听你们用不同语言描述了四遍，使我确定了你们的身份，你们没有说谎。你们一定想知道为什么我隔了这么长时间才来见你们，因为我没有考虑好要怎样对待你们，我已经很久没和人类打过交道了，而你们扰乱了我的生活。"

这个人的法语流畅自如，不带一点儿口音。他用句准确，遣词恰当，表达能力很强。然而，我还是"感觉"不出他是我的同胞。

"我们不是故意的。"我说。

他显然很激动："不是故意的吗？那么，你们的'林肯'号在海上四处追逐我，这不是故意的吗？尼德·兰用他的鱼叉、你们用炮弹攻击我，难道这也不是故意的吗？"

我发现在这些话语里隐含着一种抑制不住的愤怒。然而，对于这一连串的质问，我无法作出更合理的解释，于是用一种极为自然的语气解释道："先生，您大概不知道您在 美洲 和欧洲所引起的争论。您不知道由于您的潜水艇的冲撞所发生的各种意外事故，已经轰动了两个大陆。我并不想告诉您，人们在试图解释这些奇怪现象时所作的无数假设。"

看着船长的嘴角露出了一丝不易觉察的笑意，我停顿了一下，接着说道："但是，您要明白，'林肯'号之所以一直将您追逐，是因为它始终以为自己在追捕某一种强大的巨型海怪，而且要不惜一切代价把它从海上清除。"

听了我的话，船长的

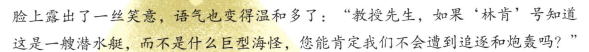

脸上露出了一丝笑意，语气也变得温和多了："教授先生，如果'林肯'号知道这是一艘潜水艇，而不是什么巨型海怪，您能肯定我们不会遭到追逐和炮轰吗？"

这个问题让我不知道应该如何去回答，因为我十分清楚要是法拉古舰长知道真相，那么他肯定不会有所迟疑。对他来说，摧毁这样一艘潜水艇跟消灭"独角鲸"一样，都是他的职责。

"先生，我要请您明白，"船长继续说道，"我有权力把你们当敌人对待。"

我没有回答，因为我明白一旦到了武力可以主宰一切的时候，争论就不再有任何意义。

"其实，当时我可以不管你们，让你们在大海上自生自灭。不过，尽管我不和人类打交道，也不服从人类社会的法规，但我实在不忍心那样做。而你们看到了我的秘密，我一生的秘密！"

说这些话的时候，他的眼中闪出愤怒和轻蔑的光芒。我既害怕又好奇地注视着他，像希腊神话中的俄狄浦斯注视着人面狮身兽一样。

过了不久，船长又开口说话了："既然命运把你们送来，那就留下吧，你们在船上享有充分的自由，但是必须答应我一个条件，就是在必要的时候，我可能会把你们关在舱房里几个小时，甚至几天。我绝对不会使用暴力，希望你们配合。你们应该不会有拒绝的理由，因为你们是我的战俘，我的一句话就能把你们重新扔到海底，但我还是决定留下你们！"

他继续说："教授，我了解您，而且很喜欢您写的书，但您对大海还是有很多不了解的地方。您可以做我的研究伙伴，一起去看这个星球上只有我才知道的秘密！您会对此着迷的。"

他的话使我动摇了，我一直想亲眼看看神秘的海底世界。于是，我突然一下子就忘记了失去的自由，满脑子想的都是那些奇特的景象。关于自由的问题，还是以后再作打算吧。当这位神秘的船长正准备离开时，我赶忙说道：

"我们接受。不过，先生，请允许我向您提一个问题，我们该怎样称呼您呢？"

"尼摩船长。欢迎你们来到'鹦鹉螺'号。"

第七章

"鹦鹉螺"号

随后,尼摩船长邀请我和他共进午餐。我跟着他走进了餐厅,那里布置得十分讲究——家具和小摆设都很精致,墙壁上挂着精美的画,金银质地的餐具反射出耀眼的光泽,桌上早已摆好了丰盛的食物。那些菜都很好吃,有很多我从来都没有见过。尼摩船长逐个为我介绍这些食物,它们都来自一个共同的地方——大海。

"大海就像是我的天然牧场,里面都是取之不尽的食物和其他物品。"他继续说道,"您身上穿的衣服是由一种贝壳类的足丝织成的,我们在里面加入了从海兔身上提取出来的紫红色,您觉得神奇吗?还有更神奇的!您睡的床是用巨大柔软的海藻叶做成的;写字用的笔是用鲸鱼的触须做成的,

> **我的地理笔记**
>
> 哈瓦那
>
> 古巴共和国的首都,位于古巴西北部的海岸;
>
> 是古巴最大的城市,全国的政治、文化中心;
>
> 扼守着墨西哥湾通往大西洋的大门,有"加勒比海的明珠"之称;
>
> 这里港湾狭长,能容纳远洋巨轮,海底也有隧道哟;
>
> 这里也是旅游胜地,还有著名的唐人街呢。

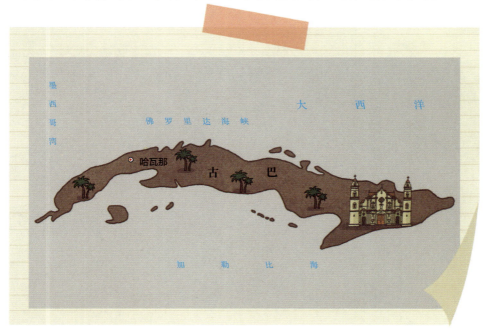

这里很多建筑被列为世界文化遗产。

墨水则是乌贼分泌出来的汁液。现在大海给我一切，将来一切都要归还它！"

我望着他，惊讶得说不出话来。怪不得他很久不和人类打交道，他根本用不着啊。

"现在，如果您想参观'鹦鹉螺'号，我愿意效劳。"尼摩船长站起身来。

尼摩船长开始带着我参观这艘神奇的船。我们先进入了图书室。图书室的四周都是高高的书架，一层层放满了书籍，书架下面有一排舒适的长沙发。室内中央有一张大桌子，上面摆满了书刊和旧报纸。天花板上有4个毛玻璃球，散发出柔和的电光，使这一切看上去非常和谐、精致。尼摩船长说这里共有12000本图书。就在"鹦鹉螺"号入水的那天，他买了最后一批书刊和报纸。

"教授，这里您可以自由使用。"他说。

我走近书架，发现各种文字和类别的书应有尽有。我写的两本书放在显著的位置上，这可能就是尼摩船长之所以宽大对待我们的原因吧！我注意到，有一本书的出版年份是1865年，我因此推断，尼摩船长离开人类社会最多三年。

尼摩船长递给我一根雪茄。形状有点儿像 哈瓦那 制的伦敦式雪茄，烟叶似乎是上等的金色烟叶。可尼摩船长告诉我说是用海藻制成的。

从图书室出来，我们走进了华丽的客厅，这里更像是一间藏宝室。四周的墙上挂着美丽的壁毯，还有三十多幅名画，都是非常珍贵的作品。角落的架子上摆着一些精美的小型雕像。客厅里还有一架管风琴，上面放了很多乐谱，都是一些名家大师的作品。我完全被折服了，尼摩船长简直就是一位艺术家和收藏家！

大厅中间有一个美丽的喷泉，水珠喷落在一个大贝壳制成的水池中。贝壳水池长约6

米，极其珍贵罕见。周围的玻璃柜中放满了海里的珍宝，有从 红海 的尖角螺中取出来的玫瑰红色珠，有蝶形海耳螺的青色珠，有黄色珠、蓝色珠、黑色珠，还有各种珍奇的海底动植物标本。

尼摩船长说："看到这些贝壳和标本了吗？所有的一切都是我亲手从大海中搜寻来的！"

"船长，我可以肯定，欧洲没有一座博物馆能有这样珍贵的海洋收藏。太惊艳了！不过我觉得，更为神奇的应该是这艘船，这儿的一切都引发了我巨大的好奇心。墙壁上挂着的这些仪器是做什么用的？"

"教授先生，"尼摩船长回答我，"我跟您说过了，您在船上是自由的，'鹦鹉螺'号的任何一部分都向您敞开着，我很高兴做您的向导。"

我跟着尼摩船长来到了他的舱房，房间布置得非常漂亮。船长请我坐下，向我介绍起这艘神奇的"鹦鹉螺"号。

红海

我的地理笔记

红海

位于非洲东北部与阿拉伯半岛之间的狭长海域;

南北分别与地中海、亚丁湾相交通;

是世界上重要的石油运输通道;

红海部分海域呈红色,一种说法认为是因生长了大量红色海藻而得名;

据说大量红海藻让海水变成了红色。

红海也是世界上最咸的海,没有江河汇入这里;

红海的水非常咸。

这里终年高温,水面温度最高可达32℃。

"墙上的仪表大部分是航行中必需的仪器,它们告诉我在海洋中的位置和方向;还有一些是常用的仪表,有温度表、气压表、湿度表、罗盘仪、六分仪、昼夜望远镜等。"

"但是,是什么让'鹦鹉螺'号有这样惊人的力量呢?"我好奇地问。

尼摩船长沉默了一会儿,说:"船上有一种强大、快速、方便的动力,这里的一切都靠它。它带来光和热,是船的灵魂。这就是电。"

"电?"我吃惊地喊,"可是,据我所知,以我们目前的技术,电所能产生的能量还很有限。况且,如果您与陆地断绝了联系,发电所需的东西从哪儿来呢?"

"教授,"尼摩船长说,"这可不是一般的电。"

"船长,我很好奇,是什么原料产生出这样强大的电力?一旦电力用完,又该怎么办呢?"

尼摩船长回答："是大海给了我一切。"

"我们呼吸的空气也是电带来的吗？"我问。

"是的，教授。因为我的船可以随时浮到海面上，用电力把最新鲜的空气抽进密封室里，压缩储存起来。这样，就可以更新船内的空气了。"尼摩船长得意地说。

"真是太奇妙了！"我惊叹道。

"教授，既然您将永远留在我的船上，那么，我会让您了解关于这艘船的一切秘密！"

随后，我们来到客厅，船长拿来许多图纸放在我面前，开始详细地向我介绍这艘船的构造。

原来，这艘船是圆筒形的，两端有点儿像圆锥，从头到尾正好70米，中间最宽的地方8米。流线型船体非常适合在水底航行。船身用双层钢板制成，内壳和外壳之间用许多T字形的蹄铁连接，就像细胞结构一样，使船身坚硬无比，可以抵抗一切冲击。船的前部装有一支强力电光探照灯，可照亮1千米以外的海域，以防驾驶员在漆黑的海洋深处看不见路。

"'鹦鹉螺'号下层有多个大型储水池。打开储水池的门，让水池灌满水，船就往下沉。船要浮出水面时，只要把储水池的水排出去就可以了。"

我这才明白，喷到空中的水柱原来是潜水艇在排水上浮时产生的。

真是太神奇了！我忽然想起了以前其他船遭遇"鹦鹉螺"号撞击的经历，尼摩船长说那完全是个意外，不小心撞上的。而关于我们的"林肯"号，他回答："我对于美国海军部这艘勇敢的战舰感觉有些抱歉，我是迫不得已才防卫的。不过，您不用担心它，它可以到最近的港口修复好。"

"您的船真是一件杰作啊！"我由衷地赞叹道。

"不错,教授,"船长充满激情地回答,"它是最完美的,它不用担心遭遇暴风雨、发生火灾、与其他船相撞、耗尽燃料等问题,它是地球上独一无二的。我爱它,就像一个父亲爱自己的儿子一样,因为当我还是陆地居民时,我曾在伦敦、巴黎、纽约学习过,所以我是这艘船的船长、设计师和工程师!"

尼摩船长说这话的时候,眼中好像正射出一股火焰,手势非常激动,完全变成了另外一个人。看得出来,他爱他的船,就像爱自己的生命一样!

"可是您能告诉我,您是怎么建造这艘船的吗?"

"我曾经学过造船技术,我绘好这艘船的图纸以后,用假名字分别从世界各地邮购零件。这些零件没有一件是来自同一个工厂的,然后在一个无人的荒岛上,我和我最忠实的部下制造了这艘船。之后,我们在离开时放火把岛上留下的痕迹烧得干干净净。"

"制造这样一艘船一定很昂贵吧?"

"大约500万法郎。"

"想必您一定十分富有。"

"是的,教授先生。以我的财富,可以轻松地为法国偿还几十亿的国债!"

我狐疑地看着这位船长,心想:如果他是在吹牛,那么,日后我一定会有机会发现真相的。

|海底两万里|

第八章

太平洋暖流

地球上各大陆形状不同,把海水分为五大部分,即北冰洋、南冰洋、印度洋、大西洋和太平洋。我们现在要经过的,正是地球上最平静的海洋——太平洋。它从北至南,位于南北两极之间,从西至东,在亚洲和美洲之间,共有经度145°宽。

我们的海洋旅程马上就要开始了。"教授,"尼摩船长说,"我将记下现在的方位,作为这次旅行的出发点。"

尼摩船长按响电铃,储水池的水开始排出,气压表上的指针转动着,显示船在慢慢上浮。

船浮出水面,我们爬着梯子来到船顶的平台上,发现"鹦鹉螺"号的形状是一个纺锤体,船身上的钢板有些像鳞甲,怪不得那些见过它的人都以为它是个海怪呢。平台中间有一艘半藏在船壳中的小艇。

尼摩船长开始测量太阳的照射角度,确定船所在的纬度。

我最后看了一下海面,我们的位置靠近日本海岸。

我们回到客厅,尼摩船长在地图上记下了船的方位:"这里是东经137°15′,北纬30°7′。11月8日中午,海底探险正式开始。"

"船长,您是根据哪种子午线算的呢?"我急急地问,想从他的回答中知道他的国籍。

"教授,"他答复我,"我有很多种不同的计算方式呢。不过因为您是法国人,我用了法国的标准。现

> **我的地理笔记**
>
> 孟加拉湾
>
> 位于印度洋北部,世界上最大的海湾;
>
> 面积达217万平方千米,水深2000—4000米;

这里的水很深啊。

> 沿岸国家有斯里兰卡、印度、孟加拉国、缅甸、泰国等;
>
> 沿岸贸易很发达,印度的加尔各答、孟加拉国的吉大港等都是主要港口;
>
> 这里属热带海洋性和季节性气候,常有热带大风暴发生。

| 第八章 · 太平洋暖流 |

我的地理笔记

马六甲海峡

位于马来半岛与苏门答腊岛之间的漫长海峡；

由3个国家共同管辖，即新加坡、马来西亚和印度尼西亚；

海峡全长约1080千米，是连接太平洋与印度洋的国际水道；

它是中国、韩国、日本重要的"海上生命线"；

从这里经过进入南中国海的邮轮，是苏伊士运河的3倍，巴拿马运河的5倍的；

这里处于赤道无风带，是最风平浪静的航行海峡。

从这里航行比较安全。

在，您可以开始海洋研究工作，船将在海面以下50米，向东北偏东方向行驶，地图上有航行标记作为参考。"尼摩船长说完，向我行个礼就离开了。

这位自称不属于任何国家的人，他到底是哪个国家的人呢？他会不会是一位遭受迫害的天才科学家？他为什么仇恨人类社会？我想不明白。先不管了，我们现在要顺着一条暖流行驶了。所谓的暖流，是从它们的温度和颜色上辨认出来的。地球上有下面五条主要水流路线：第一条在大西洋北部，第二条在大西洋南部，第三条在太平洋北部，第四条在太平洋南部，第五条在印度洋南部。而我们正在经过的是世界上排名第二的暖流，因为它的温度、盐分都很高，在阳光的照射下，看上去是黑色的，所以被叫作黑潮，黑潮从**孟加拉湾**出来，受热带太阳光线的直射，横过**马六甲海峡**，沿着亚洲海岸

41

| 海底两万里 |

坐缆车的体验一定会很刺激吧

天然峭壁将它分成上城和下城，连接上下城的是空中缆车哟。

我的地理笔记

▸魁北克城

加拿大魁北克省的省会，也是该国东部的重要城市和港口；

位于圣劳伦斯河与圣查尔斯河两大河的交汇处；

因地形险要，有"北美直布罗陀"的称号呢；

圣母玛利亚宫、古堡大酒店，都是当地著名景点。

这是古老的教会建筑。

前进，入太平洋北部作环弯形，直到阿留申群岛。

这时，尼德·兰和康塞尔出现在客厅门口，眼前的这些珍宝和艺术品让他们惊呆了。

"天哪，谁能告诉我这究竟是哪里？"尼德·兰喊叫着，"咱们是在 魁北克城 吗？"

"我的朋友们，"我回答，"这是在水下50米深处。"

我将了解到的一切都告诉了他们。尼德·兰听后沮丧地说，"除了这钢板做的牢房，我什么也没看见！成天跟着这个怪东西四处瞎跑，太难受了，我必须逃出去。"

我们正说着呢，客厅里的灯光突然熄灭了，我们都很慌张，不知道发生了什么事。这时,有灯光照射进来,隔板变成了透明的,我们竟然可以清楚地看见海底世界了!这种景象真是奇妙啊!海水中所含有的矿物质和有机物质,使海水的清澈竟然超过了山间清泉。在太平洋中的某部分,例如在安的列斯群岛,145米深的海水可以让人看见水底下面的沙床,十分清澈,而阳光的照射力好像直至300米的深度方才停止。但是在"鹦鹉螺"号所走过的海水中,电光就在水波中间照耀。这不是明亮的水,而是流动的光了。尼德·兰要逃走的想法马上被这奇异美丽的景象冲走了。康塞尔激动得嘴里不停地报出这些鱼的分科和种类。尼德·兰在一旁笑嘻嘻地说:"在我看来,鱼只分好吃和不好吃两种!"随着"鹦鹉螺"号的前进,海水从我们身后流走。各种各样美丽的鱼从我们的眼前游过,我们就像是在一个巨大的没有边沿的鱼缸里一样,尽情地观赏周围发生的一切。我们的惊叹声此伏彼起,一直没有停息过。由于船上的灯打开了,耀眼的光芒吸引了更多的鱼群,我们发现自己的眼睛几乎都不够用了!

过了很久,船边的盖板慢慢合拢,神奇的景象消失了。可是,我仍然久久地沉浸在刚刚见到的美景之中,直到我的同伴说感到了疲累,我才回过神来。

这中间,始终不见尼摩船长出现。

尼德·兰和康塞尔返回他们的舱房。我走进自己的房间。晚餐不知何时早已经摆放好。有味道鲜美的海鳖汤,一盘白切羊鱼片,水煮鱼肝,好吃极了,还有一盘金鲷脊肉片,味道之鲜美让我久久不肯放下餐具。

夜晚来临了,我看了看书,思考点问题,然后开始写笔记,记录我在这艘船上的奇异经历,笔记本是用大叶藻的叶子制成的。后来,睡意渐浓,我便躺在大叶藻床上,很快就酣然入梦了。此时,"鹦鹉螺"号正穿过湍急的黑潮匀速地向前滑行。

第九章

去海底森林打猎

在接下来的 5 天,尼摩船长都没有露面,不知道去哪里了。而且也看不到一个船员。尼德·兰和康塞尔对船长莫名其妙不露面的事,也感到十分惊讶。难道这个怪人病了吗?还是他要改变为我们安排的计划呢?

尽管如此,正像康塞尔所说,我们毕竟拥有完全的自由,我们吃得很好,就不应该怨天尤人。况且,我们绝处逢生,因祸得福,无权对他说三道四。

在尼摩船长消失的第七天时,我的桌上多了一封邀请信。上面写着:

"鹦鹉螺"号船上的阿龙纳斯教授先生启

明天早上,邀请阿龙纳斯教授参加在克利斯波岛上森林中举办的一场狩猎活动。我希望教授先生务必到场,同时也很高兴您的同伴能和您同行。

"鹦鹉螺"号船长尼摩

1867 年 11 月 16 日

"你说什么？去打猎！"尼德·兰疑惑地喊了起来。

"是的，去克利斯波岛上森林！"康塞尔加上一句。

听着我的同伴们说的话，我也觉得有点儿奇怪，尼摩船长之前明显对陆地和岛屿很反感啊，现在怎么会邀请我们去森林打猎呢？

"接受邀请吧，先生。登上陆地后，我们可以吃几块新鲜的野味，说不定还可以找机会逃走呢。"尼德·兰显然很兴奋。

于是，我在平面球图上查找克利斯波岛，终于在北纬32°40′、西经167°50′的地方发现了它。我提醒自己，不要乱想，明天，一切谜底将全部揭晓。

第二天一早，"鹦鹉螺"号就停下了。我赶紧来到客厅找尼摩船长。

"船长，您曾说您永远不会踏上陆地，怎么又去森林打猎呢？"我忍不住问道。

"教授，"尼摩船长回答，"我的森林里没有阳光，也没有狮子、老虎这些四条腿的动物。那儿是只属于我一个人的海底森林。"

"海底森林！"我惊呼道，"可我们该怎么去呢？"

"步行。我们不会浸到海水，但能使用猎枪打猎！"

我怀疑地看着这位古怪的船长，心想：这个可怜的人不会是脑子出了什么毛病吧？这是在海底，怎么可能碰不到海水呢？

吃早餐的时候，尼摩船长对我说："教授，您一定以为我在发疯吧？您知道，只要有空气，人就可以生活在水底。我制造了钢制的密封瓶，瓶中满贮了50个大气压力压缩的空气。把瓶子固定在背后，用钢制的圆球套在头上隔离海水，再用吸气管、呼气管把铜球和空气瓶连接起来，这样就可以在水下自由呼吸了。"

"这可是个好发明！"我赞叹道，"那怎样来照明呢？"

"把用电池发电的探照灯绑在腰上。"

"可是，船长先生，我无法想象，在水中怎么开枪打猎。我觉得那是不可能的，水会把火药浸湿的。"

"教授，我们用的不是普通猎枪。"尼摩船长说，"这种枪利用压缩空气打出子弹，威力十分强大，只要启动装置在空气瓶上的小开关，无论多么强壮的海洋生物，一旦被打中，再大再凶猛的动物都会立刻死去。"

我站起身来，兴奋地说："船长，快把猎枪拿来，我等不及了！"

尼摩船长带着我去换衣服。尼德·兰听说不是去陆地上的森林打猎，吃不到野味，便放弃不去了。最后，我们四个人——我、康塞尔、尼摩船长和他的同伴一起穿上了神奇的潜水服。这衣服又柔软又坚固，鞋底装着铁块，穿上以后可以轻松自如地活动。

很快，我的双脚就踩在海底的沙石上面了。那种感觉多么神奇啊！

早晨10点的阳光穿过水层，光线像透过三棱镜一样被分解成赤、橙、黄、绿、青、蓝、紫七种颜色。海底的岩石、水草、珊瑚、贝壳、鱼类就像飘动在色彩缤纷的万花筒中。我被眼前奇妙的景色惊呆了！

我们走到了近百米深的海底，光线渐渐变弱。尼摩船长停下脚步，示意我们前方不远处就是此行的目的地——海底森林。

森林中生长着高大的树木，我从没见过这样奇异的植物！树干、树枝全都笔直地向上生长，像铁杆一般刺向海面，就连树下的海带和水藻也是坚定不移地垂直生长。灌木丛中长着带花朵的小树丛和漂亮的珊瑚，麦虫鱼、飞鱼、单鳍鱼像一群鹌鹑，在我们脚下跳来跳去。

1点左右，尼摩船长发出休息的信号。我们躺在一个厚厚的海草甸下，我把套着铜头罩的笨重脑袋靠向康塞尔，看得见康塞尔的眼睛闪着兴奋的光芒。他的头在铜罩里面摇晃，不住地对我挤眉弄眼，做出各种滑稽的表情。很显然，这里的奇异美景也使他万分激动。

我感到一阵困乏，没多久就睡着了。等到我醒来的时候，太阳正向西边坠落。

突然，一只高1米的海蜘蛛正朝我瞪着眼，随时准备扑过来。我吓得立刻站起来，幸亏船员及时发现，一枪打死了它。

我时刻保持警惕地跟紧尼摩船长。4点左右，我们走到了一片高大陡峭的岩石群面前，尼摩船长打手势示意我们停下来。

岩石之上就是陆地，虽然我多么希望能走过去，但是我只能遵命止步。这里是

| 海底两万里 |

尼摩船长领地的边界线。那边是他发誓永远不会踏上一步的地方。

我们沿着海底的斜坡往回走。很快,阳光又出现了。这时,只见尼摩船长在对着树丛瞄准。枪响了,一只十分漂亮的水獭倒在了几步远的地方,它属于海洋獭类动物,可能是生活在海洋里唯一的四足兽了。这只海獭有1.5米长,价值肯定很高。獭皮上面栗褐色,下面银白色,可以制成一件上好的皮料,这类皮货在 **俄国** 和中国市场上供不应求,极为抢手。海獭皮毛

> 我的地理笔记
>
> ▶俄国
>
> 通常指俄罗斯,位于欧亚大陆北部,地跨欧、亚两大洲;
>
> 是世界上面积最大的国家,国土达1709.82万平方千米;
>
> 世界经济、军事强国,军事力量仅次于美国;
>
> 首都莫斯科,地铁四通八达;
>
> 俄国的国花是美丽的向日葵哟。

这里冻成冰棍啦。

东北部的奥伊米亚康村,是世界上最冷的地方之一,最低温度曾达-71.2℃。

俄罗斯

向日葵真漂亮。

细腻并富有光泽,至少可以卖出两千法郎的高价。我非常喜欢这类别致的哺乳动物,圆咕隆咚的脑袋,短短的耳朵,圆圆的眼睛,像猫一样的白胡须,带趾甲的脚掌,毛茸茸的尾巴。这种珍贵的食肉动物,由于渔人的围追捕猎,已经变成了稀有动物,它们主要躲藏在太平洋的北极圈里,数量极少。船员捡起水獭,我们又向前走。

我们的速度并没有因这一意外收获而变慢。大概又走了两个小时,我觉得自己真的走不动了,就在这个时候,我看见半海里外有一道微光冲破了海水的黯淡,那就是"鹦鹉螺"号的探照灯。就在这时,我看见尼摩船长突然转身向我扑来。只见他用手使劲把我按倒在地,与此同时,他的同伴对康塞尔也做出了同样的动作,并示意我们别动。

我索性躺倒在地,正好躲在一簇海藻丛后面,抬头一看,发现几堆庞然大物磷光闪闪,沸沸扬扬地从我们面前游过。

我浑身冰冷,血管中的血浆都快凝固了!我看清楚了,天哪,这是凶猛的大角鲨,是鲨鱼中最可怕的一种,它们的铁牙床轻松就能把人咬碎!

我不知道康塞尔此时在想什么,是不是已经被吓到了。值得庆幸的是,这两只视力极差的家伙没有看见我们,甩着宽宽的尾鳍游走了,与我们只是擦鳍而过,我们得以躲过这场大劫,大难不死真是奇迹啊。要知道,大角鲨带给我们的危险远远比在原始大森林中遭遇猛虎可怕得多。

半小时后,在耀眼的电光指引下,我们回到了"鹦鹉螺"号。我直接来到更衣室里,费了好大的力气才把潜水衣脱了下来。我已经精疲力竭,又困又乏,回到房间后,一头便倒在床上,不一会儿,就做起了惊心动魄的海底漫游的美梦。

第十章

万尼科罗群岛

第二天早晨,我恢复了精神,早早地就来到平台上,欣赏着海面的美丽景色,尼摩船长也来了,身后跟着二十几个身强力壮的船员,看得出来,他们都来自不同的国家。

他们要收回昨晚撒在船后的渔网。渔网被拉上来,这回捕到的鱼很多,超过了1000斤!这些鱼被送到厨房,有些要趁新鲜做成美味的大餐,有些要保存起来。

收拾好渔网,压缩和储备了足够的空气,"鹦鹉螺"号又开始潜水航行。几周过去了,我很少见到尼摩船长。不过,船员天天都会来标注航线记录,让我了解"鹦鹉螺"号航行的路线。

我和康塞尔经常谈起海底森林的神奇经历,这让尼德·兰

夏威夷群岛

我的地理笔记

夏威夷群岛

属于美国领土,位居太平洋居中的"十字路口";

是美国唯一的群岛州;

由8个主要岛屿和124个小岛组成,群岛都是火山岛;

火山喷发形成了美丽的群岛。

岛上冒纳罗亚火山是世界上最大、最活跃的火山;

这里也是亚洲、美洲和大洋洲之间的海运与空运枢纽;

风光优美,是世界闻名的旅游胜地。

这里的风景太美了!

非常后悔没有一起去。

11月26日,"鹦鹉螺"号在西经172°上越过了北回归线。27日,它与**夏威夷群岛**遥遥相望,我清楚地看到高耸在它上面的是莫纳罗亚火山。1779年2月14日,著名航海家库克就是在这个地方遇难的。从出发到现在,我们已经走了4860海里。

我们仍然向着东南方航行。12月1日,它在西经142°上越过赤道线;在此期间,我们游览了海底世界美丽的风光,在海湾,我们还打捞到很多好吃的牡蛎。尼德·兰非常喜欢这种美味的食物,我们吃得很开心。

12月15日,"鹦鹉螺"号已经走了8100海里了。当它穿过汤加塔布群岛和航海家群岛之间的时候,测程器的度数上升到了9720海里。12月25日,"鹦鹉螺"号在汤加塔布群岛间行驶,这里是从前"阿尔戈"号、"太子港"号和"博兰公爵"号的船员丧生的地方,航海家群岛则是拉·贝鲁斯的朋友郎格尔船长被害之处。

这天是圣诞节,但船上丝毫没有过节的气氛。

很快,我又望见了维提群岛,岛上的土著人曾经屠杀过"联盟"号的水手和指挥"可爱的约瑟芬"号的南特人布罗船长。

12月27日,尼摩船长来到客厅,打开一张地图给我看。

"您看,万尼科罗群岛。"他的手指向一个地方。

"您要带我们去那里吗?"

"是的,教授。"他头也不抬,继续看着地图。

"我们什么时候可以到达?"

"已经到了,教授。"

我走上平台,尼摩船长跟在我身后。站在平台上,我的眼睛贪婪地向着天际凝望。

在东北方向，浮现出两座大小不等的火山岛，周围环绕着40海里长的珊瑚礁。此时，我们正站在万尼科罗群岛的面前。

万尼科罗群岛，我知道，它是著名的"罗盘"号和"浑天仪"号出事的地方。那儿一直都是一个谜，没有人知道到底发生过什么事情。我们的船渐渐靠近小岛。我看到岛上的几个土著人正吃惊地望着我们的船，他们一定也以为这条船是一个巨大的海怪吧。

这时，尼摩船长向我打听那两艘船遇难的事情，我就简单地跟他说了。事情是这样的：1785年，拉·贝鲁斯船长接受路易十六的派遣，率领"罗盘"号和"浑天仪"号做环球航行，但两艘船后来都神秘地失踪了。法国政府曾派出船只寻找他们，结果却一无所获。有传言说他们已经遇难，但是作为遇难证据的遗骸和遗物一直都没找到，直到经常航行在太平洋上的老航海家迪荣船长驾驶着他的"圣·巴特利"号经过 **新赫布里底群岛** 之一的蒂科比亚岛附近遇见了一个印第安土著。当时那个印第安人划着一只独木舟来到他的船边，卖给他一把银质刀，上面刻着的字说明它是"罗盘"号上的。

> **我的地理笔记**
>
> **新赫布里底群岛**
>
> 现在的瓦努阿图共和国，新赫布里底群岛是旧称；
>
> 位于南太平洋西部，属美拉尼西亚群岛，由83个岛屿组成；
>
> 1774年，英国的探险家库克船长经过这里，看它们像英国"赫布里底群岛"，因此而命名；
>
> 1980年，正式改名为瓦努阿图；
>
> 这里属热带海洋性气候，桑托岛是其中最大的岛；
>
> 旅游资源丰富，被誉为潜水的天堂。

第十章·万尼科罗群岛

印第安人还说，他6年前在万尼科罗岛见过两个欧洲人，他们是遇难幸存者，他们的船遇上了暗礁。迪荣马上就猜到了那肯定是"罗盘"号和"浑天仪"号。后来，他带领他的船去了万尼科罗群岛，并找到了那两艘船和一部分残骸。

与此同时，另一位船长杜蒙·居维尔为了证实这件事的准确性，也开船去了万尼科罗群岛。他和船员们登上了小岛，并向当地的土著人询问。但那些土著人都躲着他们，一副不认账的样子。他们怀疑，是不是这些土著人曾经虐待过遇难船只上幸存的船员。而土著人呢，则认为这些外来人是不怀好意的。最后，杜蒙·居维尔船长答应给他们报酬和礼物，土著人才带领他们来到出事地点。在那里，他们看到了船的残骸和一些遗留物品。他们还从土著人那里得知，原来，在那两艘船撞上暗礁之后，拉·贝鲁斯船长又利用船的残骸造了一艘小船，然后他带领剩下的船员继续航行。但不久之后，他的小船再次遇难，并且沉没了。

这就是这件事的全部经过，但迄今为止，没有人知道沉船的具体地方在哪里。

"那么，拉·贝鲁斯船长和船员们所建造的第三艘船，究竟是在什么地方遇难沉没的，人们至今还不知道，是吗？"尼摩船长问我。

"是的,至今没有人知道。"我回答。

尼摩船长对我做了个手势,要我跟他到客厅去。到了客厅,墙上的隔板已经打开了,我们可以清楚地看见外面的海洋。

我看到了一些美丽的鱼,接着,还看到了一些遇难船只遗留下来的东西,有锚、炮弹、绞盘架、船头废料等等。

尼摩船长接着说:"拉·贝鲁斯船长在发生第一次撞礁事故以后,利用两艘船的材料造出了第三艘小船。后来,一些水手不想走了,就留在了岛上,另外一些人则跟着船长继续航行。但当他们走到群岛西海岸的时候,船就沉没了。"

"您是怎么知道的?"我惊讶地问。

"这是我在事发地点找到的文件。"他递给我一个白铁盒,上面印有法国国徽,盒子的一角已经被海水侵蚀了。打开铁盒,里面有一卷公文,虽然纸色发黄,但字迹仍清晰可读。这公文是给拉·贝鲁斯船长的,旁边还有路易十六的亲笔批语呢!

尼摩船长说:"虽然,这位船长沉睡在海底,但是对于任何一位海员来说,这也算死得其所,因为那座珊瑚坟墓实在是太幽静、太美丽了。如果我以后的坟墓也能如此,那我就心满意足了。"

这天夜间,"鹦鹉螺"号向着西北方航行,用3天时间走了750海里。

1868年1月1日大清早,康塞尔就走到我面前,对我说:"先生,我给您拜年了!祝您新年顺利!"

"康塞尔,谢谢你的祝福。你所说的顺利,是我们结束囚禁生活回到法国,还是继续这奇异的海洋旅行呢?"

"哦,先生,"康塞尔回答,"两个月来,我们看到了很多奇异的事情,我丝毫没有感到厌烦。不过尼德·兰可不这样想!他受不了每天看鱼、吃鱼,再看鱼、再吃鱼的生活。他离不开陆地,离不开面包、牛排和白兰地酒。这让他非常难熬,时刻想着逃走。"

"哈哈，康塞尔，我的看法和你一样。来，我们握一下手吧，就当是我给你的新年礼物。"我向他伸出手去。

"先生，这已是最好的新年礼物了。"康塞尔微笑着说。

1月4日，我们望见了巴布亚岛海岸。尼摩船长告诉我，他打算经由托列斯海峡到印度洋去。尼德·兰很高兴，他觉得这条线路让他距离欧洲海面越来越近。

托列斯海峡遍布着刺猬一样的暗礁，这一带还居住着强悍的土著，他们过着原始的生活，不让外界靠近！即使是最大胆的航海家，也不敢冒险通过那里。

第十一章
"鹦鹉螺"号搁浅

托雷斯海峡约有34里宽,把巴布亚岛跟新西兰岛分开了。尼摩船长亲自指挥"鹦鹉螺"号前进。海水汹涌澎湃,翻滚沸腾,海浪拍打着露出尖峰的珊瑚礁。

下午3点,正是涨潮的时候,"鹦鹉螺"号渐渐靠近一个小岛。突然,猛烈的冲击震倒了我,船碰上了一座暗礁,搁浅了。

我担心地问:"出什么事了?"

尼摩船长冷静地回答:"教授,我们的海底旅行才刚开始呢!"

"我们是在涨潮时搁浅的,等潮水退下去就更不可能浮起来了。我们还有什么办法重回大海呢?"我感到很疑惑。

尼摩船长说:"5天后月亮即将满月,那时会涨起更大的潮水把我们带回海洋!"说完这一席话,尼摩船长在副手的跟随之下,回到了"鹦鹉螺"号船中。至于船,仍旧停在那里,一动不动。

尼德·兰耸了耸肩膀,带着不信任的表情对我说:"教授,我告诉您,这艘船已经变成一块废铁,哪里都去不了啦!跟尼摩船长告别的时候到了。"

"我可不这么想。"我说,"'鹦鹉螺'号非常坚固,等大潮到来后一定能安全离开,何况这里离法国海岸还远着呢!"

"我们去附近的岛上转转吧!"

> **我的地理笔记**
>
> **托雷斯海峡**
>
> 一般叫托雷斯海峡,位于澳大利亚与美拉尼西亚岛之间;
>
> 它南面的邻居是约克角半岛,北面则是新几内亚岛;
>
> 这条海峡南浅北深,最浅处只有14米深;
>
> 是东南亚、印度洋同澳大利亚、新西兰等之间的通道;
>
> 因为水深较浅,又有很多暗礁,所以也是比较危险的海域;
>
> 海峡里的群岛上有原住居民,他们仍说自己的语言。

这里很早就有原住民。

尼德·兰又说,"我太想念烤肉的滋味啦,真让人流口水啊!"

"是啊,先生,"康塞尔也很赞同,"您去和尼摩船长商量一下,让我们到岛上走走,让我们的脚踩踩地球吧!"

尼摩船长爽快地答应了我的请求,还把备用的小艇给我们用。

第二天早上8点,我们三人带了电气枪和刀斧上了小艇。海面相当平静,微风阵阵吹来。康塞尔和我负责划桨,尼德·兰掌舵。

尼德·兰就像是从监牢中逃出来一样,兴高采烈地大喊大叫:"烤肉!一会儿我就能吃到美味的烤肉啦!天天吃该死的鱼,实在吃腻啦!"

我提醒他:"万一岛上有凶猛的野兽,我们这些猎人可就危险了。"

"教授,"尼德·兰张开大嘴,大声说,"哪怕岛上有老虎,我也要把它烤来吃掉!"

我一脚踩在陆地上,心里激动不已。在"鹦鹉螺"号上才过了两个月,可我们都觉得离开陆地很久很久了。

小岛是由珊瑚岩沉积而成的,生长着高大茂密的树林,树丛中有芬芳的花草。

巴布亚岛

尼德·兰可没注意这些，他专心地寻找食物，很快就找到了一棵椰子树。我们喝上了香甜的椰汁。

我们在 **巴布亚岛** 上的森林里走了大约两个小时，发现几棵结着果实的面包树，我和康塞尔采了十几个面包果。尼德·兰连忙生起火，把切成厚片的果实放在火堆上，一会儿就烤得喷香焦黄了，吃起来比面包还要香甜可口呢！

中午的时候，康塞尔又找到了许多热带水果。"再来一块烤肉就什么都不缺喽！"尼德·兰还在不停地东张西望。

"今天的收获很丰富，"康塞尔说道，"我们不能走得太远，回去吧，明天再来找烤肉。"

"这就回去了？在陆地上的时间过得真快！"尼德·兰叹着气。

我们把找到的食物带回了"鹦鹉螺"号。

第二天，我们三人又去了小岛，尼德·兰希望今天会有更

我的地理笔记

巴布亚岛

又称新几内亚岛，也叫伊里安岛；

西半部属印度尼西亚，东半部是巴布亚新几内亚的主要部分；

位于澳大利亚以北，太平洋的西部；

是世界第二大岛，仅次于格陵兰岛；

岛上有很多山，海拔多在4000米以上；

7000年前与澳大利亚相连，后来海平面上升，二者才分开，并有了托雷斯海峡；

岛上陆栖动物很多，也是鸟类的天堂，有食火鸡、极乐鸟、园丁鸟等。

这里是鸟儿的乐园。

好的收获。

我们来到一片美丽的小树林,林中有许多飞禽在树上叽叽喳喳地欢唱。

康塞尔打中了一只小白鸽和一只山鸠。我赶忙点起火,没过多久烤肉就进了肚子。

"太好吃了!我连骨头都吃下去了。"康塞尔笑着说。

"这只是零嘴小吃,教授先生,您看着吧,很快就有大块的肉喽!"尼德·兰迫不及待地说。

终于在下午2点左右,尼德·兰打到了一只野猪,他为自己枪法的精准而得意扬扬。

下午6点的时候,我们回到了停放在沙滩上的小艇旁。尼德·兰手脚麻利地做着晚餐,野猪肉在火上烤着,香味引得我们口水直流。

晚餐真丰盛啊!烤猪排、烤山鸠、烤面包果,还有杧果、菠萝和椰子做成的饮料,我们吃得快活极了。

"我们今晚不回船上了,行吗?"康塞尔说。

"我们永远不回去了,好吗?"尼德·兰说。

突然,"扑通"一声,一块石头落在脚边,打断了我们的谈话。

看着这块石头,我们都愣了。康塞尔说:"天上绝对不可能掉石头的。"话音未落,第二块石头又砸了过来,打落了康塞尔手中的食物。

果然,在离我们100步远的地方,有20来个土著人,拿着弓箭和投石器,对着我们射来。在他们身后,还有其他土著人陆续加入进来。

尼德·兰飞快地收拾地上的食物。我们将小艇推入海中,迅速向"鹦鹉螺"号划去,20分钟后安全地回到了船上。

尼摩船长正在客厅弹奏管风琴。我叫了好几声,他才回过头来:"教授,你们打猎有收获吗?采摘了水果吗?"

"收获很大。"我回答,"但

是很不幸，我们引来了岛上的土著，他们的行动很过激！"

尼摩船长语带讥讽地说，"陆地上尽是野蛮人！"

"'鹦鹉螺'号会有危险吗？"我着急地问。

"放心吧，教授。"尼摩船长回答，"就是巴布亚所有的土著人都来了，我的'鹦鹉螺'号也能对付！"说完，他开始弹奏管风琴，沉浸在梦幻般的音乐中，似乎忘记了我的存在。

我不想惊动他，悄悄地离开了。

黑夜来临了，格波罗尔岛上有火光在海滩上闪耀，显然土著人还没有离开。

天亮之后我走上平台，发现海滩上的土著越来越多了，差不多有五六百人！他们身材魁梧，前额宽大且高高隆起，大鼻子，牙齿很白，头发红红的像火炬，皮肤黑黑的像煤炭，耳朵上挂着骨头耳环，像非洲纽比人一般的高大！

天快黑的时候，土著人划着20艘小船把"鹦鹉螺"号围了起来，一些人还爬上了平台，发出震耳的叫喊声，不停地用脚踩踏船身。奇怪的是，船员们对此完全不予理会。

一夜过去了，今天是涨潮的日子，可直到中午尼摩船长也没有露面。几百个土著人还在我们头顶上又叫又跳，吵闹不已。

过了中午，我走进客厅，看见大钟指着两点半。十分钟内潮水就要涨到最高点，怎么还不开船呢？

正在这时，我感觉到船身震动了一下，尼摩船长出现在客厅门口：

"我已经下令打开平台上的盖板，准备出发！"

"那些土著人会冲进来的！"我紧张地大喊。

"教授，"尼摩船长平静地说，"不要担心，不是谁都能随便地从那里进来的。"

我有些糊涂了，跟着尼摩船长走向船的中央铁梯。尼德·兰和康塞尔也在那里，他们正疑惑地看着船员把盖板打开。船外疯狂可怕的喊叫声立刻传了进来，几十个土著人的脸孔出现在盖板口，其中一人把手放在铁梯扶手上准备跳下来，突然他像被一种巨大的力量击中了，发出恐怖的叫喊声，扭头就跑。其余碰到铁梯扶手的土著也同样尖叫着慌张跳开。尼德·兰很好奇，忍不住伸手去摸了一下扶手，立刻就被击倒在地。

"活见鬼！"他叫喊着，"我被雷劈了！"

我立刻醒悟过来，原来铁梯的扶手通上了电流。任何人都不能毫发无损地越过它！难怪尼摩船长一点儿也不担心土著人的进攻。

"鹦鹉螺"号被不断上涨的海水拖离了珊瑚礁，渐渐地，它的速度越来越快，很快便将托雷斯海峡这一危险水道抛在了后面。

| 海底两万里 |

第十二章

被迫昏睡

接下来,我们一路向西前进;在东经122°望见了**帝汶岛**。1月18日,"鹦鹉螺"号到了东经105°和南纬15°的地方,天气很坏,海上险恶,多风浪。

我走上平台,随后尼摩船长也跟着出来了,眼睛对着望远镜,向天际看去,他和副手激动地说着我听不懂的话,好像是有什么重大事情要发生的样子。然后他转过身来,神态严肃地对我说:

"教授,现在请您遵守我们的约定。"

"是哪一条约定?"我问。

"你们三人都回舱房里,直到我认为可以离开为止。"

我没有办法和他抗争,只有服从命令。尼德·兰听到这个

我的地理笔记

帝汶岛

东南亚努沙登加拉群岛中最大的岛屿;

分为东西两部分,西部属印度尼西亚,东部属东帝汶;

面积3.4万平方千米,南边隔着帝汶海与澳大利亚相望;

岛上有很多山,海岸陡峭,还有很多温泉和泥喷泉呢;

气候炎热,而且干雨季分明;

这里的渔业主要捕捞玳瑁、海参和珍珠。

玳瑁是主要捕捞对象。

决定后满脸愤怒,却也无可奈何。

船员把我们带到第一夜住过的房间里,关上了门。

"先生,这到底是怎么回事啊?"康塞尔一脸疑惑地问我。

我把事情的经过说了一遍。他俩听后都非常惊讶,谁也不明白到底发生了什么。

这时候,午餐送来了。吃完午餐灯就灭了。我们坐在黑暗中,尼德·兰和康塞尔很快就睡着了。这时我感到头昏沉沉起来,两眼也不由自主地闭上了,很快就进入沉睡中。我想,一定是尼摩船长叫人在食物里放了安眠药。

第二天醒来,我发现躺在自己的舱房中。

尼德·兰和康塞尔在平台上等我,谁也不知道昨晚上是怎样回到各自的舱房的,"鹦鹉螺"号还跟往常一样安静、神秘地漂浮在海上。

下午,我在客厅中整理笔记,尼摩船长推门进来。他一声不响,根本没有要对我解释什么的意思,但脸色看上去很憔悴。

"教授,您是医生吗?"他突然问我。

"是的,"我说,"我到博物馆当教授之前也是医生。"

"那真是太好了,教授。你可以治疗我的一位船员吗?"

"怎么,你这里有病人?"我有些吃惊。

"是的,请跟我来吧!"

我暗暗思量:这个病人和昨晚发生的事肯定有关联。

尼摩船长带我走进一间舱房,床上躺着一个40岁左右、身体强壮的男人,他头上包裹着血淋淋的纱布,一看就是受了重伤。

我轻轻解开纱布,查看伤势。病人伤得非常重,头骨被重物击中而碎裂了。他的呼吸越来越慢,全身因为疼痛不住地抽搐。

我摸着病人的手腕,感觉到他的脉搏时有时无,手

指冰冷,已经无法医治了。

我替他包扎好伤口,转身问道:"船长,您可以告诉我是什么让他伤成这样的吗?"

尼摩船长听了我的问话后,迟疑了一下,用十分低沉的声音回答说:"昨晚船受了撞击,机器上的铁杆倒下来击中了他。他是为了保护大副才受伤的……为兄弟,为朋友,就是牺牲自己也在所不惜,这也是我们船上全体船员的信念。他的情况怎样?"

我又看了下伤员,说:"他伤得太重,活不过两个小时。"

尼摩船长颤抖着,眼中淌下大颗的泪珠。没想到这个坚强的人也会流泪。

夜里,我从睡梦中惊醒过来,听到门外传来轻轻的歌声,是用那种我听不懂的语言唱的悼词。

第二天早晨,我在平台上遇到了尼摩船长。他没有向我提及病人的事,却问我要不要和他们一起去海底散步。我答应了,并带上了尼德·兰和康塞尔。

很快,我们就跟着尼摩船长和十几个船员来到了海底。

一段不是很陡的斜坡路通向崎岖不平的地面,深度大约25米。这地面跟我第一次在 太平洋 水底下散步时看见过的完全不一样。这里没有草地和树林,只有成片的珊瑚丛。

我们的探照灯照在鲜艳的珊瑚枝叶中,海葵柔软的触须像花朵一样在水中微微飘动。我忍不住把手挨近它们,娇艳的花瓣忽地一下缩了回去,"花朵"立刻在眼前消失了,只留下大块的珊瑚石。两个小时后,我们到达约300米深的海底。

这里是珊瑚的森林,遍

| 第十二章·被迫昏睡 |

太平洋好深啊

东岸和西部多达370多座火山,被称为"太平洋火圈"。

火山活动最剧烈的地带,就是这里了。

其中马里亚纳海沟最深达11034米,是世界上最深的地方。

我的地理笔记

▶ 太平洋 ◀

世界第一大洋,位于亚洲、大洋洲、南极洲和南北美洲之间;

总面积达18134.4万平方千米,平均深度3957米;

16世纪时,麦哲伦率领船队到达太平洋,当时一片风平浪静,因此而得名;

其实,太平洋并非太平,夏秋季也常有风暴发生;

它的边缘海和岛屿最多,约有一万个岛呢,新几内亚岛就是其中最大的岛;

全球大部分活火山和地震也集中在太平洋区。

地都是漂亮的贝壳,就像鲜花铺成的地毯,艳丽夺目。这景象真是奇妙啊!

尼摩船长站住了,身后的船员们走上前来,在船长身边围成一个半圆,其中四个船员肩上扛着一个长方形的盒子。

我们站在一块宽大的空地上,四周全是珊瑚森林的高大枝叶。这真是一个奇特的场面。

空地中央竖着一个用珊瑚垒成的十字架。一个船员走上前来,从腰间取下铁锹,开始挖坑。

我一下子明白过来,原来这里是墓地!盒子里装的是那位昨夜死去的船员的遗体。尼摩船长和船员们在与世隔绝的海底埋葬他们的同伴。

棺木被放进坑里,尼摩船长两手交叉在胸前,我们都跪下来为死者祈祷。

我们回到"鹦鹉螺"号上,我问船长:"那个人还是死了?"

"是的,教授。他将永远在他的同伴身边。"尼摩船长用手捂住脸孔,哽咽地说。

"他会安静地长眠,不会被鲨鱼伤害。"我安慰道。

尼摩船长肃穆地说:"也不会再被人类伤害了!"

第十三章
可怜的采珠人

经历了珊瑚王国的葬礼之后,我相信了尼摩船长的一生必将在大海中度过。他的坟墓都已在深深的海底预备好了,不会受到任何打扰。

如果是一个不热爱大海的人,一定会觉得船上的时间漫长而单调,但对我来说就不同了。我每天在平台上散步,呼吸着海洋的空气,锻炼身体;观察海中景象,写研究笔记,阅读书籍;捉海龟、打水鸟,给餐桌增加美味的大餐,没有一丝厌烦或无聊。当然,我最感兴趣的还是观察和收集鱼类资料。

1月24日清晨,在南纬12°5′、东经94°33′,我们望见了奇林岛。这是个珊瑚岛,岛上长满了可可树,达尔文曾到过这个岛。

牛在这里是神圣的动物。

印度半岛

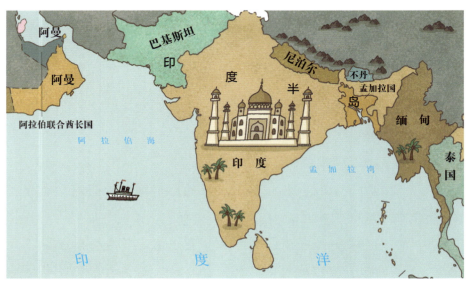

我的地理笔记

印度半岛

亚洲南部三大半岛之一,世界第二大半岛;

东边临孟加拉湾,西边靠阿拉伯海;

面积209万平方千米,平均海拔600米;

半岛上的国家有印度、巴基斯坦、孟加拉国;

大部分地区属热带季风气候,分凉、热、雨三季;

这里大概有7万种动物,也被称为"动物王国";

狮子和老虎是印度的国兽,象、牛、猴则是圣兽。

1月27日晚上7点左右,"鹦鹉螺"号穿过赤道线,又回到了北半球。第二天的正午,当"鹦鹉螺"号在北纬9°4′处浮出水面时,我们望见了锡兰岛,这里位于 印度半岛 的南端。

我在图书馆找到一部关于锡兰岛的著作阅读起来,它是挂在印度半岛下端的一颗宝珠。这时,尼摩船长和大副走了进来。尼摩船长兴奋地对我说:"锡兰岛最有名的是珍珠。教授,您想去看看采珠场吗?"

"船长,那可太好啦!"

"不过,采珠的季节还没到,我们见不到采珠人。但这没关系,我吩咐船停到马纳阿尔湾,夜间就可以到达。"他向我介绍说,"世界上有很多地方出产珍珠,但品质最好的珍珠产在这里。每年三月,采珠人都会汇集到这里。他们在腰上系着一根与船相连的绳子来保证安全;双脚夹住一块很重的石头,这样可以让身体沉到12米深的水下去采珍珠。"

"他们一直都用这么原始的方法吗?"我很好奇。

"是的。每次下海所用的时间不能超过30秒,否则会很危险。采珠人的寿命一般都很短,他们的眼睛在海水里被泡坏了,而且浑身是伤。"

我不由得叹息:"真是可怜的人哪!"

尼摩船长突然问我:"教授,您害怕鲨鱼吗?"

"鲨鱼?"我情不自禁地叫了起来。

"不必那么大惊小怪,我们这些人对它早就习以为常了。"船长说,"相信我,您会有机会和它会面的。教授,我们明天早上见!"尼摩船长说完,离开了客厅。

如果有人邀请您去瑞士山区捕猎黑熊,也许您会欣然同意。但是,如果是邀请您去捕猎鲨鱼,那么您在接受邀请之前,总应该好好地深思熟虑一番吧。

"在海底遇到鲨鱼,"我自言自语,"这可要好好考虑一下……"

我的脑海里立刻浮现出鲨鱼那长满尖牙的大嘴,恍然间我觉得腰上好像有点儿痛了。

我又在心里暗暗琢磨:最好到时候康塞尔不愿意去,这样我就有借口不陪尼摩船长了。尼德·兰这位鱼叉大王就难说了,说实话,我觉得越危险的事对他越有吸引力。

我继续看书,可无论翻到哪一页,上面好像都是鲨鱼可怕的尖牙和大嘴!这时,我的两个同伴走了进来,原来尼摩船长也邀请他们一起前往 锡兰岛 。

"采珍珠可是件新鲜事。"康塞尔笑着说。

"也许会很危险呢!"我暗示他们。

"危险!"尼德·兰大声说,"太可笑了,去珍珠贝礁石上走走会有危险?"

"尼德·兰,"我故意用满不在乎的语气说,"我问你,你害怕鲨鱼吗?"

"我会怕鲨鱼?这怎么可能!"尼德·兰站了起来,"我是最棒的叉鱼手,捕捉鲨鱼是我的本行哩!"

"康塞尔,你呢,你害怕吗?"

康塞尔不紧不慢地说:"如果先生要和鲨鱼搏斗,一定需要我这样的好帮手。"

夜里,我在床上翻来覆去,梦里全是可怕的鲨鱼。

凌晨4点,我们坐上小艇,五个船员用力地划着桨,将我们送到了采珠场附近,然后他们就离开了。只有我和尼摩船长、康塞尔、尼德·兰穿了潜水服下到海中。

一到水下,可怕的鲨鱼就从我脑海里消失了。水底奇异的美景完全吸引了我的注意力,被脚步惊动的鱼群在我们身边一哄而起,飞一般地游走了。

7点左右,我们终于到达了珍珠场,海底礁石上黏附着数不清的珍珠贝。我们跟在尼摩

| 第十三章·可怜的采珠人 |

船长身后,往礁石洞的小路走去。穿过深深的礁洞,走下一段很陡的斜坡,尼摩船长停住了,他指着一件东西向我示意。

一个巨大的珍珠贝!比"鹦鹉螺"号客厅里的那只还要大很多。

这只珍珠贝正半张开着。尼摩船长把短刀撑在两壳之间,伸手把里面的膜皮翻开。一颗椰子般大小的珍珠露了出来,又圆又亮,闪耀着璀璨的光芒。天哪,这可真是件稀世珍宝!

我不由得伸手想去摸一下。

尼摩船长立刻阻止了我的举动。他拔下贝壳间的短刀,贝壳马上合拢了。

我的地理笔记

锡兰岛

也就是现在的斯里兰卡,斯里兰卡是个岛国,旧称锡兰;

位于赤道附近,是印度南面的一个较大的岛屿;

岛上高地非常多,茶叶栽培盛行,而且盛产珍珠;

岛上拥有很多宝石矿脉,也被称为"宝石之国";

整个岛呈梨形,风光秀丽,被誉为"印度洋上的珍珠"。

这里宝石也很多哟。

斯里兰卡

阿拉伯海

尼摩船长依然把这颗珍珠留在这里,让它渐渐长大。以后终有一天,他会把这价值连城的宝贝取出来,摆在船上的陈列室里。

离开石洞,我们走到礁石旁,这里很接近海面。在五六米远的地方出现了一个黑影,慢慢地落下来。一瞬间,我又想起了鲨鱼!还好,是个提前来采珠的采珠人。

他的船就停在头顶的水面上,一根绳索将他和船连在一起。他两脚夹着一块圆圆的石头,一沉到海底立即跪下,伸手抓起周围的珍珠贝塞进口袋里,然后沿着绳索回到船上,倒出口袋里的贝壳,又继续入水。

采珠人不停地忙碌着,每次下水都只能采到十几个贝壳。贝壳在礁石上黏附很紧,要用很大的力气才能挖下来,并且不是每个贝壳里都有珍珠。

我们聚精会神地看着他劳作,忽然间,他惊惶地想要浮上海面。

> **我的地理笔记**
>
> 阿拉伯海
>
> 位于亚洲南部的阿拉伯半岛、印度半岛和索马里半岛之间;
>
> 属于印度洋的一部分,也是世界性交通要道;
>
> 北连波斯湾,南通红海,南边是印度半岛的南端一角;
>
> 沿岸国家有印度、伊朗、巴基斯坦等;
>
> 这里大部分属热带季风气候,水温较高,有时可达30℃以上呢;
>
> 海底是一个大大的海盆,平坦又广阔;
>
> 海中生物资源很丰富,主要有鲭鱼、沙丁鱼、比目鱼、金枪鱼等。

第十三章 · 可怜的采珠人

一个可怕的黑影在采珠人头上出现了。一条身躯庞大的鲨鱼瞪着凶狠的眼睛，张开可怕的大嘴向他冲去！

采珠人被鱼尾打中了胸口，倒在水底。

正当鲨鱼张嘴咬向采珠人的瞬间，蹲在我身边的尼摩船长突然站起来，手拿短刀，向鲨鱼冲去。

鲨鱼看见了尼摩船长，猛地游向我们这边。船长敏捷地跳向一旁，躲开攻击，一手抓住鲨鱼的鳍，另一手用短刀猛刺鲨鱼的肚子。鲜血像水流一般涌出来，但因为没能刺中心脏，鲨鱼并没有丧失攻击力。它死命挣扎，疯狂地搅动海水，差点儿把我打翻了。我很想去帮助船长，可是恐惧使我挪不动脚步。

我像傻了一样，两眼发直地看着。只见鲨鱼掀倒了尼摩船长，张嘴露出锋利的牙齿。忽然，尼德·兰如闪电般冲了过去，猛地投出手中的鱼叉，扎中了鲨鱼的心脏。

海水汹涌激荡，鲨鱼疯狂地翻滚着做最后的挣扎。

尼德·兰把尼摩船长拉起来。尼摩船长抱起采珠人，割断绳索，一起浮上了海面。尼摩船长把采珠人放进小船。等采珠人渐渐恢复知觉后，船长拿出一颗如鸽子蛋般大小的珍珠，放在这个锡兰岛的穷苦人手中。采珠人又惊讶又感激地望着我们。

半个小时后，我们回到了"鹦鹉螺"号上，尼摩船长对尼德·兰说："谢谢你救了我。"

"嘿嘿，没什么，那是我对您的回报，"尼德·兰咧着嘴说，"感谢您一直以来对我们的照顾。"

我回想起这次历险的过程，对尼摩船长的无私奉献精神表示了崇敬。"鹦鹉螺"号一直沿着 阿拉伯海 航行。前面已经无路可走，尼摩船长到底想把我们带到哪里去呢？

第十四章

阿拉伯海底隧道

2月5日,我们驶入了亚丁湾。

两天后,"鹦鹉螺"号进入曼德海峡(曼德海峡在阿拉伯语里的意思是"眼泪之门")。到了中午,我们终于浮出了红海海面。

红海——这个《圣经》里记载的著名海域,在这里,没有任何一条重要的河流注入。经过长时间以来过度的蒸发,它的水位以每年1.5米的速度不断下降。然而,这片奇特的海湾,虽然四面封闭,却永不干涸,真是令人百思不得其解。

其实,我在心里一直很感激尼摩船长,因为,"鹦鹉螺"号每到一个海域,都会有一番奇特的景象深深地吸引到我。这样的旅行让我不知疲惫、快乐无比!

2月9日,"鹦鹉螺"号漂浮在红海海面上最宽的地方,这里西岸上苏阿金港,东岸上贡佛达港,两岸直线距离为190海里。

中午,我站在甲板上欣赏景色,正好尼摩船长也走了过来。他礼貌地递给我一支雪茄,又给自己点了一支,吸了一口之后,说:"后天我们就会到达地中海。"

"地中海!"我掩饰不住惊讶。

"您觉得奇怪吗?"

"当然。航海的人都知道,要经过好望角,绕非洲一周才能到达地中海。您说后天就能到,难道'鹦鹉螺'号会飞?"我说。

"'鹦鹉螺'号当然不会飞。不经过好望角,不绕着非洲走,一样能到达地中海。"尼摩船长平静地说,"我们从地底过去。"

"大洋底下有通道?"我惊讶地问。

"是的,我称它为'阿拉

吉达港

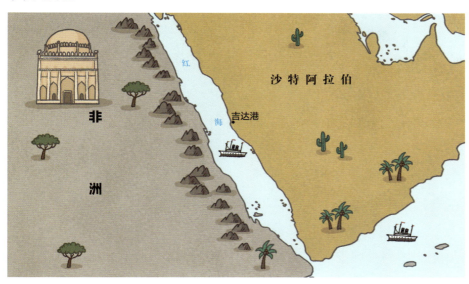

伯海底隧道'。这是我在一次航行时无意中发现的。"

过后,我把尼摩船长谈话的有关内容对康塞尔和尼德·兰作了复述。我告诉他们,再过两天,我们就要到地中海了。康塞尔很高兴,而尼德·兰只是耸了耸肩。

"有一条海底通道!"尼德·兰大叫起来,"两海水道可以沟通!真有这等好事?"

"朋友,"康塞尔答道,"您曾听谁说过'鹦鹉螺'号吗?没有!可是它却存在。因此,先别动不动就耸肩,不要借口没听说过而把送上门来的好事拒之门外。"

"我们走着瞧好了!"尼德·兰反驳道,摇了摇头,"说心里话,我还是不相信有这条通道,只希望船长说的话是真的,好把我们带进地中海。"

当天晚上,我站在甲板上,通过望远镜看见了埃及、叙利亚、土耳其和印度之间的重要商埠——吉达港。

我的地理笔记

吉达港

沙特阿拉伯最大的集装箱港;

位于沙特阿拉伯西海岸中部,靠着红海的东侧;

这是个现代化港口,有50多个泊位,分别用于不同货物的装卸;

这里还是出圣城麦加的海上门户,17世纪时就是圣徒们的集散港;

现在是沙特阿拉伯的金融和商业中心,主要工业则有炼钢、炼油、汽车装配等;

这里还有一座很大的国际机场,每天有航班飞往世界各地。

之后,"鹦鹉螺"号直接进入了尤巴尔海峡。于是,我走上平台,一想到要穿过尼摩船长所说的海底通道时,就有些坐立不安。

"那是水上的灯塔。"有人在我身旁说。

我回过头,原来是尼摩船长。他告诉我:"我们就要走进通道口了。"

"船长,这条隧道容易过吗?"我问。

"不容易,教授,我必须亲自去指挥航行。船现在要下潜了,等通过通道以后,它才会浮上来。您愿意跟我一起去驾驶舱吗?"

"当然愿意!我求之不得呢,船长!"我兴致勃勃。

我们来到驾驶舱,透过四周的舷窗,掌舵人可以清楚地看清周围的景象。舱外的探照灯把海水照得分外明亮。

"现在,"尼摩船长说,"我们来找通道入口吧。"

哇哦,这里的海水太咸啦!

地中海也是世界上最古老的海之一,海水盐度较高,最高达39.5‰。

我的地理笔记

▶ 地中海

世界最大的陆间海,位于欧洲、亚洲和非洲大陆之间;

因为被三大洲包围,所以叫地中海;

西边通过海峡与大西洋相连,沿岸有法国、意大利等近20个国家呢;

夏季炎热干燥,冬季温暖湿润,被称作地中海气候;

因为处在欧亚板块和非洲板块交界的地方,经常有地震发生哟;

沿岸还有两座典型的火山——维苏威火山和埃特纳火山。

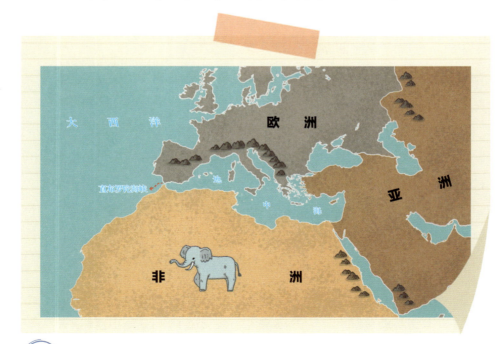

74

尼摩船长按着面前的金属钮，"鹦鹉螺"号的速度立刻放慢了。

我不敢随意开口说话，只是默默地注视着船外陡峭险峻的两壁，这是海岸边上的岩石地基。

"鹦鹉螺"号在一个小时内沿着这些地基走，与两壁的距离不过几米。尼摩船长紧盯着罗盘，他每做一个手势，领航人就相应调整"鹦鹉螺"号行驶的方向。

大约20分钟后，尼摩船长回过头来，说："教授，欢迎来到 地中海 。"

第二天早上，我很早就来到了平台上，隐约看见了远处贝鲁斯城的侧影。一会儿，尼德·兰和康塞尔也上来了。尼德·兰小声地说："教授，我看现在时机到了。"

康塞尔疑惑地问："尼德·兰先生，您说的是什么时机？"

尼德·兰说："当然是咱们逃走的好时机。现在到欧洲了，趁尼摩船长还没把咱们带到极地圈或者大洋洲，咱们赶紧逃走吧。"

听他这样一说，我心里很为难。一方面，我真心希望尼德·兰能得到自由；另一方面，我一点儿也不希望离开尼摩船长。因为正是他和他的船，使我得以进行我的海底研究计划。如果离开"鹦鹉螺"号，我这辈子恐怕再也不会有这样的机会了。

尼德·兰看我不说话，接着，他又坦率地说他很喜欢海底旅行，但更渴望自由。并提议说，当"鹦鹉螺"号与欧洲海岸最接近的时候，我们就逃走。

"游泳逃走吗？"我轻声问。

"对。如果离海岸很近，船又浮在水面上，我们就可以跳海逃走。"

遗憾的是，"鹦鹉螺"号一直是在水下潜行，尼德·兰很失望，他说的好机会一次也没来。

第十五章

沸腾的海水

几天后,我们的船在 小亚细亚 和希腊群岛间行驶。我站在客厅的玻璃嵌板前兴致勃勃地观察着外面游过的各种鱼群。尼摩船长在一旁踱来踱去,一言不发。

正当我目不转睛地盯着鱼群时,一个意外打断了我的观察——一个人影闯入了我的视线。

经过认真观察,我确定那不是一具随波漂流的尸体,而是一个活生生的人正在水中潜行,他腰间系着一个皮袋,手不停地划着水。我转向尼摩船长,激动地大叫起来:"船长,有个人在水里,他是个遇难者吗?快想办法去救救他吧!"

尼摩船长没有回答我,而是不紧不慢地走过来,靠近玻璃向外望。那个人很快地向这边游过来,手掌贴在玻璃上,睁大

我的地理笔记

小亚细亚

一般指小亚细亚半岛,也叫安纳托利亚半岛;

位于亚洲西南部的一个半岛,隶属于土耳其;

四周是黑海、爱琴海、地中海和亚美尼亚高原;

这里三面环山,一面敞开,地势东高西低;

沿海是地中海式气候,内陆则是亚热带夏干气候;

历史悠久,战争多发地,著名的特洛伊战争就发生在附近的爱琴海沿岸。

小亚细亚半岛

这里常有战争。

眼睛看着我们。最让我吃惊的是,尼摩船长居然和他互相打着手势,像是在交谈什么,而那个潜水人也同样用手比画着。不一会儿,那人浮上水面,不见了。

"别担心,"尼摩船长对我说,"那个人叫尼古拉,他是一个勇敢的潜水人!别人都叫他'鱼',因为水是他的生命之源,他待在水里的时间,比在陆地上还要多。"

"这么说,船长,您认识他?"

"当然,教授。"说完这句话,尼摩船长就走向客厅墙边的壁柜,那儿放着一个很大的铁箱。船长并不在意我在场,他打开箱子,只见里面整整齐齐摆满了黄金,金灿灿亮得直晃眼。船长把金块一块块地拿出来,再把它们重新整整齐齐地摆放好,装了满满一整箱。

看着它们,我心里充满了疑惑。这么多的金块从何而来呢?船长究竟是从哪里弄来了这些金子呢?他想拿它们来做什么呢?我实在想不明白,只有默默地看着即将发生的一切。

接着,船长按了一下墙上的按钮。不久,客厅里就走进来4个强壮的船员,他们费劲地把大铁箱推出门外。随后,我就听到滑车将箱子拉上扶梯的声响。

尼摩船长转身对我道了声"晚安"之后,就离开了客厅。我非常纳闷地回到房间里。

过了一会儿,我感觉到一阵晃动,我察觉到"鹦鹉螺"号此时应该已经离开水底,浮到了水面上。

接着,我又听到平台上传来一阵清晰的脚步声。我知道有人解开了小艇,因为我听到了小艇和"鹦鹉螺"号的船身碰触的声音。看来是送

金子出去了。然而,那些金子到底送给了谁呢?我怎么也想不出答案来。

第二天,我向康塞尔和尼德·兰讲述了昨晚发生的事。听了我的叙述,他们的吃惊程度丝毫也不亚于我。

"这么多的黄金他是从哪儿弄来的?"尼德·兰问。

对这个问题,我不知道如何回答。

吃了中午饭后,我就来到客厅开始工作。直到下午5点的时候,我还在写着笔记。这时,可能是由于个人情绪的原因,我忽然觉得特别燥热,浑身难受。我脱下了外套,才感觉稍稍舒服一些。

后来,我才意识到这根本不是我个人情绪的问题,因为周围环境的温度也在不停地升高,简直到了让人无法忍受的地步。

"难道是船上着火了吗?"我一边擦汗,一边想。

我正要出去,恰好这时候,尼摩船长走进了客厅。

他走近温度表看了看,转身对我说:"42摄氏度。"

"这究竟是怎么回事呢?船长,我真是热得受不了啦!"我满头大汗,话语里透着烦躁。

"哦!教授,如果我们不想温度再升高,它就不会升高的。"

"这么说您可以调节温度喽?"

"不,但我们可以离热源远一点儿。"

"您是说这热气是从外面来的?"

"是的。我们的船现在驶进了沸腾的海水中。"尼摩船长边打开玻璃隔板边说。

果然,我看见窗外的海水咕噜咕噜冒着泡,就像被煮开了一样。我伸出手来碰了碰玻璃,立刻就被烫得缩了回来。天哪,好烫啊!

"我们这是在哪里呢,船长?"我吹着手指,问道。

"在 **桑托林岛** 附近,教授。确

圣托里尼岛

切地说,是在新卡蒙尼岛和旧卡蒙尼岛之间的海沟中。我想让您看看海底火山爆发的奇妙景象。"

此时,"鹦鹉螺"号已经停止了前进。我走近一点儿,仔细观察海水沸腾的奇异景象。

由于受到铁盐的染色作用,海水从原来的白色变成了红色。虽然船的舱门很密封,但还是有一种难闻的硫黄味儿钻了进来。另外,我还看到一些通红的火焰在窗外熊熊燃烧,灿烂的光芒把灯光都掩盖下去了。

汗水湿透了我的全身,我快喘不过气了,感觉自己就快要被蒸熟了!尼摩船长看到我痛苦万分的样子,立即命令船离开这个危险的海域。15分钟后,我们终于安全地回到了海面上,呼吸着新鲜空气。

当时,我在心中暗暗地庆幸,幸好尼德·兰没选择在这一带海域实行他的逃跑计划,要不然我们绝对会被煮熟了不可!

> **我的地理笔记**
>
> **桑托林岛**
>
> 现称圣托里尼岛或锡拉岛;
>
> 坐落在爱琴海西南部;
>
> 圣托里尼岛环由3个小岛组成,其中一个为火山岛。
>
> 这里有美丽的风光,是爱琴海上一颗璀璨的明珠。
>
> 它也在世界两大大陆板块之间最深的海沟之间;
>
> 3300年前的一次火山大爆发,导致这里留下一个巨大的火山口,和几十米厚的火山灰沉积。
>
>
>
> 火山爆发也导致了米诺斯文明的消亡。
>
> 现在,3个小岛上都遍布黑色、白色和红色的火山岩。

第十六章

海底宝藏

2月16日早晨,我们从希腊一带海域出发,18日一大早便通过了 直布罗陀海峡 。在这次快速航行中,尼摩船长一次也没出现,因为地中海处在人类居住的陆地中间,他也许不愿意看到这片海。当天晚上,我们的船就荡漾在大西洋的水波上了。

3个月来,"鹦鹉螺"号大概走了近一万里,比绕地球一圈还要多。

我走到平台上,隐约看到了圣维森提角,那是西班牙半岛西南端的尖角。我刚回到舱房,尼德·兰就满腹心事地坐到我对面,望着我说:

"我计划在今夜逃走。现在距离西班牙海岸只有几海里,我已经和康塞尔约好了,晚上9点,您就在图书室等我的信号。

我的地理笔记

直布罗陀海峡

位于西班牙最南部和非洲西北部之间的海峡;

是沟通地中海和大西洋的唯一通道;

和地中海一起构成了欧洲和非洲之间的天然分界线;

这里具有重要的经济和战略地位,被誉为西方的"生命线"呢;

每年通过的船只可达十万艘,是国际航运中最繁忙的通道之一哟。

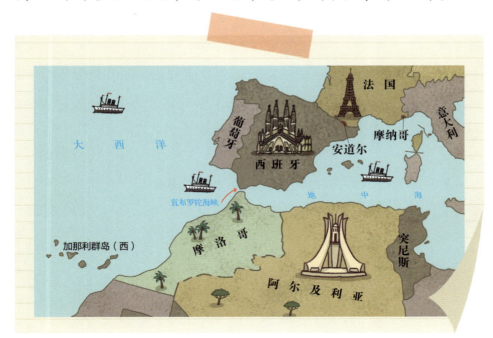

这里好繁忙哦。

小艇我已经准备好了,还弄了一些食物。万事俱备,只欠东风。"

"晚上风浪会很大呢!"我想阻止他。

"我知道,但必须冒险了,自由是值得付出代价的。"

说完这些话,他就离开了。

我一个人留在船舱中,不知道该怎么办。尼德·兰说得对,现在的确是个好机会,我不能妨碍同伴们获得自由。

我踌躇起来,在海底研究没有完成之前,真舍不得离开这艘神奇的"鹦鹉螺"号啊。还有尼摩船长,这个带给我无限神秘猜想的人。

不过,我还是决定离开"鹦鹉螺"号,不然以后就没有机会了。我的行李不多,带走最重要的海洋笔记就行了。我想到了尼摩船长,他要知道我们逃走会怎么想呢?他待我们那么客气,那么真诚,我们却抛下他溜走了。我真想在走之前见见他,他已经好几天没出现了。于是我又想,他在不在船上呢?难道他从不离开"鹦鹉螺"号吗?有时候,我几个星期都见不到他,在这期间他做什么呢?是不愿意见人,还是到远处去完成某种秘密任务呢?这些想法使我的头都快裂开了。

晚餐后,我来到图书室,一想到就要离开这里,我的心扑通扑通跳得很快,真难以想象当他知道我们逃走了会怎么样。忽然,我听到"咚"的一声,"鹦鹉螺"号停在了海底。而尼德·兰的信号却迟迟没有发出……这时,尼摩船长走了进来,对我说:"教授,我正想找您呢!您了解西班牙的历史吗?"

我镇定了一会儿,回答道:"船长,我知道得很少。"

"啊,那就让我来告诉您这个国家的一些新鲜事吧,这也能回答您感到疑惑的一个问题。"尼摩船长说道。

"船长,请您说吧。"我心里直打鼓,不知道这和我

吉他就是从这里走向世界的。

西班牙还是吉他之乡，近代古典吉他的发源地。

我的地理笔记

西班牙

全称西班牙王国，位于欧洲西南部的伊比利亚半岛；

地处欧洲和非洲的交界处，周围的邻居有葡萄牙、法国；

这是一个多山的国家，海岸线长7800千米；

气候多样，有大陆性、海洋性气候，还有地中海型亚热带气候；

这里民风奔放热情，斗牛是西班牙的国粹，享誉世界。

们的逃跑计划有没有关系。

尼摩船长说："1702年，法国战舰护送西班牙政府的运输船回国，船上装满了从美洲运来的金银珠宝。后来，这艘船在 西班牙 的维哥港失事沉没了。"尼摩船长接着说，"教授，这里就是维哥港的水底，您不想看看吗？"

只见在"鹦鹉螺"号的探照灯照射下，船员们正在舱外搬运着东西。我仔细一看，在海底黑乎乎的沉船残骸中，堆满了废旧的箱子和木桶，周围散落着满地的金块！

原来，尼摩船长找到了当年那艘沉船和船上的财富！

"其实，不仅是维哥港，其他海洋的失事地点也一样，我在我的航海图上标有上千个这样的沉船地点，"他看着我说，"现在您相信我拥有无穷的财富了吧？"

"是的，我相信。船长，您抢先了一步。我听说西班牙政府已经批准一家公司来这里打捞沉船。现在看来，那些股东要失望了，不过他们并不值得同情。我觉得，如果能让可怜的穷苦人得到这些财富，那是最好的结果。"

我刚说完,就见尼摩船长激动地挥着手说:"教授,照您看来,我辛辛苦苦打捞这些金子是为了我自己吗?您以为我不知道这世上还有无数受苦的人,还有被压迫的民族,还有无数需要救济的穷人吗?您真的不明白?"说到最后这几句,尼摩船长停住了,好像有些后悔自己说得太多。

看来我猜对了,不管尼摩船长怎样与世隔绝,他内心深处依然充满热情,同情弱者。我这才突然想起来,我们之前在希腊海域航行的时候,那一箱不知去向的金子,应该是给最需要它们的人送去的。

第二天早晨,尼德·兰神色沮丧地走进我的房间。

"先生,就在我们要逃走的时候,谁能想到那个古怪船长竟然把船停到海底了呢。"

于是,我把关于西班牙沉船的事情告诉了他,他对没能亲眼看看当年的战场而惋惜不已。

过了一会儿,他又对我说:"我们下回一定要成功,如果有可能,也许就在今晚……"

"可你知道'鹦鹉螺'号现在正向哪个方向航行吗?"

"不知道,先生。中午的时候我们去观测船的方位吧。"他回答。

11点左右,我们来到平台上,发现我们在茫茫大海的中央,根本看不到陆地。尼德·兰失望极了,他的计划再次落空了。

第十七章

神秘的亚特兰蒂斯

我又跟尼摩船长开始了海底散步,只是不知道这次他将带我去哪里。我们穿着潜水服来到了大西洋底部。海底的路很不好走,幸亏尼摩船长给我准备了一根手杖,我们艰难地向前走去。我不由得想,海底深处是不是有尼摩船长的同伴、朋友啊?他们一定过着奇异的生活,今天尼摩船长就是来拜访他们的;或者,这里生活着被流放的侨民,他们对于陆地上的穷苦感到厌倦,来到海洋深处过起了独立自主的生活。这些疯狂奇特的想法充斥在我的大脑里,要是真的碰见了尼摩船长梦想的海底城市,我也不会太惊奇的。

尼摩船长穿梭在这片石头迷宫中,一点儿也不迟疑,他大步前进,显然很熟悉这阴暗的道路。于是,我信心十足地跟着他,真觉得他是一位海中的神灵。我们穿越了岩石、小道和深渊,来到一座尖峰面前。翻过尖峰,我竟然看到了远处的一座海底火山!一个巨大的喷火口正吐出硫黄火石,泄出像火一样的瀑布,这些硫

黄火石立即就混入了海水之中。这火山像一把巨大的火把，照耀着这片海底平原。

然而，山的另一边有更神奇的世界等着我呢。只见我眼底下到处是废墟、深渊、低堤，展现出一座被毁坏的城市。坍塌的屋顶，满目疮痍的庙宇，零散的拱门，横卧在地的门柱。更远一些，有一道道倒塌下来的墙垣，宽阔无人的大街。好像是整个沉入大海的庞贝城，现在尼摩船长把它复活过来，呈现在我眼前了！

我在哪里？我在哪里？我不顾一切地想知道，我迫切地想说话，以至于想把套在脑袋上的铜头盔取下来。

这时，尼摩船长走上来，做了一个阻止我的手势，然后他捡起一小块铅石，走到一块黑色的玄武岩前写了一个词：**亚特兰蒂斯**。

我明白了，这就是哲学家柏拉图曾经说过的已经沉没的城市，很多人都以为亚特兰蒂斯消失的故事是编造出来的，原来是真的。如今的城市仍带着它沉没时所遭受的灾祸的痕迹！我真想走遍这块把非洲和美洲连接起来的大陆，拜访那些洪水来临前的繁华城市，走遍最初原始人类曾经走过的地方！这时，我发现尼摩船长将手扶在一块石碑上面，站在那里出了神。他也在想那些已经消失了很久的人类吗？他是在向他们打听人类命运的秘密吗？我真想知道这个奇怪的人心中的想法。

我的地理笔记

亚特兰蒂斯

位于欧洲到直布罗陀海峡附近的大西洋之岛；

最早的描述出现于古希腊哲学家柏拉图的著作《对话录》里；

传说中亚特兰蒂斯是海洋之神的子民，对大海有着强烈的崇拜；

据说，它在公元前一万年被史前大洪水毁灭；

它的真实性至今仍然是一个谜。

第十八章

火山肚里的煤矿

夜里的海底历险太累了,第二天我睡到11点才醒。我赶快穿好衣服,急于知道"鹦鹉螺"号航行的方向。客厅里的仪器指出,它仍在往南开,速度为每小时20海里。

下午4点左右,从打开嵌板的窗户可以看出,海底夹带有化石枝叶的厚泥土渐渐改变了:石头愈来愈多,其中有好些砾岩和玄武凝灰岩,同时夹杂着含有硫化物的熔岩。这意味着,我们要从山岳地带驶上辽阔的平原了。

第二天,我来到客厅时已经是早上8点了。

我看了看压力表,知道"鹦鹉螺"号是在海面上行驶,平台上传来阵阵脚步声,但客厅窗外却漆黑一片。难道我记错了时间,现在还是晚上?

我正陷入迷惑之中,忽然听到耳边有人对我说:"教授,是您吗?"

"是的,尼摩船长,"我回答,"这是在哪里?"

"教授,我们在地底呢!"

"地底?但船还在行驶啊!"我着急地问,"这究竟是怎么回事?"

"没错,'鹦鹉螺'号一直就没停下,再过一会儿您就能看清了。"

我走到平台上,探照灯忽然亮了,我看见"鹦鹉螺"号靠在岸边。浮在一个圆形的大湖中央。湖边周围是高高的岩壁,像一个巨大漏斗型岩洞,有五六百米高。最顶上有一个圆孔,从外面透进来一些光亮。

"这是什么地方,船长?"我忍不住又问。

"这是一座死火山,我们在火山肚里。"尼摩船长对我说,"因为发生了地震,海水灌入火山内部,形成了湖泊。现在,它是我们的最佳港口,既能避风又能保密。"

"可是,这港口有什么用呢?'鹦鹉螺'号并不需要停泊呀。"我不明白。

"是的,它不需要停泊,教授,但它需要电力来驱动。钠能产生我们需要的电原料,而钠又需要煤炭来制造。这里就是一个海底大煤矿。"

第十八章 · 火山肚里的煤矿

"是这样啊！那么船员们现在都成了矿工吗？"我笑着说。

"没错，煤矿就在水底，船员们正在采煤。我们燃烧煤炭制造发电原料时，产生的烟就从上面的火山口散发出去，外面的人看见了还以为是火山喷发了呢！"

"我能去看船员挖煤吗？"

"这次不行，下次吧。不过，你们可以在这火山肚里逛逛。"尼摩船长建议道。

我赶紧去找两位同伴。尼德·兰在平台上四处张望，找寻通向外面的出口。当发现逃跑无望后，他和我们一起享受起这趟有趣的旅行来。

"我们又站在陆地上了。"康塞尔说。

"这可不算是陆地，"尼德·兰皱皱鼻子，"而且，我们也不是在上面，而是在下面。"

我们乘小艇来到岸边的沙滩，平坦的沙滩绕着整个湖面。

靠近岩壁的地势崎岖不平，我们顺着岩壁慢慢往上爬，路越来越难走。到了60米左右高时，我们就无法再上去了，一些小树从山腰的崖缝里生长出来。走到

我的地理笔记

佛罗里达湾

位于墨西哥湾和美国佛罗里达南端的比斯开湾之间；呈三角形，水深不足3米。

山腰上一株龙血树下面时，尼德·兰喊了起来："啊，先生，这里有一个蜂窝！一个真正的蜂窝！"我没有回答，做了个完全不相信的手势。他继续喊道："真的有一个蜂窝！"我们走近一看，果然是！而且还有一群蜜蜂在周围忙乎着呢。尼德·兰像是发现了宝藏一样的兴奋，他快速地找来了一大堆干草，然后用打火机点着，接着，他用烟火把成群的蜜蜂都熏跑了。我们竟然从蜂窝里取出好几斤香甜的蜂蜜来。

尼德·兰一边把它装在口袋里，一边兴奋地说："我把蜂蜜跟面包树的面粉和起来，就可以做出美味的面包啦。"

"太棒啦！"康塞尔说，"终于又能吃到香香甜甜的面包啦！"

"暂时不要想你们又香又甜的面包吧！"我说，"我们还是抓紧时间赶路吧。"

我们一行三人绕过岩石的尖峰，发现那里有各种各样的飞鸟。尼德·兰看着那些鸟，口水都流了出来，他十分后悔出来时没有带枪。最后，他想着法子用石头来代替子弹，投了好几次都没有成功，后来他居然打伤了一只鸟。说他不惜冒20次险，一定要把这鸟弄到手，那是完全真实的事，凭着他的灵巧和坚持，他终于把这只鸟塞进了他的口袋里。

半小时后，我们回到沙滩边，躺在岸边岩洞中的细沙上美美地睡了一觉。不知睡了多久，忽然，我被康塞尔的声音惊醒。

康塞尔喊道："快

起来呀！快起来呀！"

"发生什么事啦？"我问，同时连忙四处查看。"先生，水漫上来了！"果然，海水像急流一样向我们藏身的地方冲过来，几分钟后，我们安全地来到了这岩洞的顶上。

原来大西洋的海水在外部涨起，湖中的水平面同样跟着上升。于是，我们不得不提前结束了环湖旅行。当我们回到船上时，船员们已经把原料都装好了。很快，"鹦鹉螺"号便离开了它的港口，向着一股从 佛罗里达湾 出来，流入 墨西哥湾 的暖流航行了。

> **我的地理笔记**
>
> **墨西哥湾**
>
> 位于北美洲南部，属大西洋的海湾；
>
> 通过佛罗里达海峡，与大西洋相连；经由尤卡坦海峡，则与加勒比海相通；
>
> 是世界第二大海湾，面积达154.3万平方千米；
>
> 著名的密西西比河也流入这里，在海湾形成了三角洲；
>
> 这里还有世界第一大暖流——墨西哥暖流。

沿岸比较曲折，岸边有很多沼泽、浅滩和红树林。

第十九章

穿越冰山

这一天,"鹦鹉螺"号走过了大西洋很新奇的一片海域。众所周知,大西洋中有股名为"漩流"的大暖流。这股暖流在南纬44°附近,分为两支:主流奔向爱尔兰和挪威海岸,支流向南折到阿索尔群岛,然后抵达非洲海岸,画了一个长长的椭圆形,回到安第列斯群岛。

这股暖流与其说是一只手臂,不如说像个项圈一般的暖流圈,把大西洋部分冰冷、平静的海域环绕起来。这就是 马尾藻海 ,是大西洋中真正意义的湖,大暖流的水绕这湖一周,至少要花3年的时间。

此刻"鹦鹉螺"号漫游的海域就是上面所说的这片海。我想,如果在合恩角的纬度上,把船头调转向西,就可以回到太平洋,完成我的世界周游了。但事实上,船仍然继续向南驶去。真的要去南极吗?那可真是疯了。

这段日子,尼德·兰非常郁闷,无限期的囚禁让他心里充满了愤怒。每次见到尼摩船长,他的眼里就燃起阴沉可怕的火光,这令我很担心。

我忍不住对他说:"尼德·兰,你一定要忍耐啊!尼摩船长不可能永远往南走,到了冰山面前船一定会折回。"

尼德·兰摇摇头,什么也不说,转身走了。

康塞尔看着他的背影,说:"可怜的尼德·兰,他可是每天都在怀念岸上的生活呢。"

"鹦鹉螺"号继续向南航行。

3月14日,我在南纬55°望见了漂流的冰块,"鹦鹉螺"号已经来到了南大洋的海面上。不久,更大的冰岛出现了,如同巨大的紫色或绿色的水晶在

| 第十九章 · 穿越冰山 |

我的地理笔记

马尾藻海

位于北大西洋环流中心的美国东部海区；

是大西洋中一个没有岸的"海"；

海上漂浮着大量的马尾藻；

这里一年四季风平浪静；

各水层之间的海水几乎不发生混合；

浮游生物是其他海区的三分之一；

从严格意义上不能称为海，是大西洋中特殊的水域。

阳光的照耀下闪闪发光。我们越是往南行驶，漂浮的冰岛就越来越多，越来越大。成千上万的南极鸟类在岛上筑巢，它们叽叽喳喳地叫着，震耳欲聋。有些鸟把"鹦鹉螺"号当成了浮在水上的海鲸尸体，飞过来用嘴啄着钢板，发出当当的响声。

尼摩船长站在平台上，认真而热切地观察着这片无人问津的海域，就像是这里的主人一样。海面温度已降到 -20° 以下，不过我们有暖和的海豹皮衣抵御寒冷，而且"鹦鹉螺"号内部有电力不断加热，无论多冷都不必担心。

3月16日早晨8点，"鹦鹉螺"号沿着西经55°穿过了南极圈。这里到处是晶莹剔透的冰块，一眼望去无路可行。尼摩船长却总能在冰封的海面上找到出口，眼看层层冰块完全挡住了海面，"鹦鹉螺"号用猛烈惊人的力量向前冲去。

在震耳欲聋的破裂声中，冰块被撞得粉碎，飞溅到空中，又像冰雹一样落下。这样的冒险行为让我觉得很痛快，冰雪之

马尾藻海

地雄伟壮观的美景更加令我痴迷。

3月18日，"鹦鹉螺"号遇到了无穷无尽屹立不动的冰山。对所有的航海家来说，冰山是不可超越的障碍。中午时分，尼摩船长作了测量，西经51°30′，南纬67°39′，这是中心海域的位置。

尼德·兰对我说："如果船长能穿过这片冰山，就太令我佩服了！可惜谁也无法和大自然抗衡。"

"是啊，不过我很想知道冰山后面有些什么呢！"我望着眼前的冰山叹了口气。

尼德·兰回答："教授，您见到冰山就足够了。不管愿不愿意，'鹦鹉螺'号只能掉头往北走了。"

> **我的地理笔记**
>
> **南极**
>
> 即南极洲，位于地球最南端；
>
> 是地球上最后一个被发现，也是唯一没有常住居民的大陆；
>
> 四周由太平洋、大西洋、印度洋形成的巨大水圈包围，呈完全封闭状态；
>
> 世界上最高的完全被冰原覆盖的大陆，有"白色大陆"之称；
>
> 也是世界上最冷的地方，年平均气温为-25摄氏度；
>
> 当地的动物居民有企鹅、海豹等，企鹅也是南极的象征。

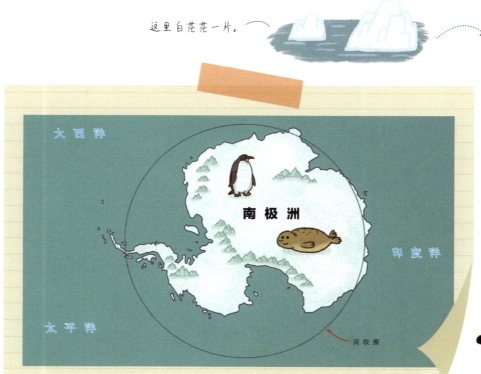

这里白茫茫一片。

企鹅有厚厚的脂肪，不怕冷。

第十九章 · 穿越冰山

的确，不管尼摩船长怎样努力，"鹦鹉螺"号始终无法前行。

"我们被困住了吗？"我问。

"教授，"尼摩船长平静地回答，"'鹦鹉螺'号不会被困住，还要继续前进！我们要到南极去。"

"到南极去？"我几乎惊呆了。

"是的！"尼摩船长回答，"到南极去，到地球上所有的子午线相交的不为人知的点上去。'鹦鹉螺'号能做我想做的任何事。"

"从冰山上飞过去吗？"我嘲讽地说。

尼摩船长镇定地回答："不，我们从冰山下面过去。"

我顿时明白了："没错！虽然海面结冰，但冰层以下还可以通行。如果我没有记错的话，冰山在海面上有1米高的话，在水下就有3米深。"

"这些冰山不足100米，水下的部分就不会超过300米。300米对'鹦鹉螺'号来说算什么呢？"尼摩船长骄傲地说，"它可以潜得更深！"

"对，船长！"我激动不已，"把空气储藏库都装满，能在水下待好几天呢！"

尼摩船长雷厉风行，立刻喊来副手，对他交代一番。康塞尔知道这些后，还是那句"一切听先生的"。尼德·兰则沉痛地说："教授，我们可能永远都回不去了！"

抽气机把空气吸入储藏库，压缩储备起来。"鹦鹉螺"号开始潜入水下。

我和康塞尔来到客厅，透过玻璃窗观察南极海域洋面以下的情况。到了水下300米，我们看到了冰山的底部。"鹦鹉螺"号继续往下沉，一直到800米深的水域。

"鹦鹉螺"号畅通无阻地往南极一路驶去。

3月19日早晨6点，一脸疲惫的尼摩船长来到客厅，骄傲地宣布："我们顺利穿过冰山带了！"

第二十章
无人踏足的陆地

我飞跑到平台上,眼前是一片宽阔无际的海面,附近有一些散乱的冰块和冰层。天空是飞鸟的世界,水下众多鱼儿游来游去,水的颜色随深度的不同而改变。此时,温度表指着3摄氏度。

"这里是南极吗?"我激动地问尼摩船长。

"我不知道,"尼摩船长回答我说,"要等到中午的时候测量一下方位后才能确定。"

"可太阳能穿过这些云雾吗?"我看着灰沉沉的天空说。

"只要它能出现一会儿,就够了。"船长回答。

"鹦鹉螺"号向前方的一座小岛靠近,停在了距离海滩500米的地方。尼摩船长和2名船员带着测量器械上了小艇,我和康塞尔也一同前往。到了沙滩边,康塞尔正要跨出小艇,被我一把拉住。

"船长,"我对尼摩船长说,"第一脚踩在这片土地上的光荣应该是属于您的。"

"是的,教授,"船长回答说,"我之所以毫不犹豫地踏上这片极地的土地,是因为至今为止还没有任何人曾在这里留下过脚印。"

说完这句话,尼摩船长轻快地跳上沙滩,攀上一块岩石,交叉双手,静静地站立着,看得出此时他的内心非常激动。

他这样心醉神迷地站了5分钟后,才向我们转过身来,对我说:"先生,您请上来吧。"

我跳下小艇,康塞尔跟在后面,那两名船员留在艇中。康塞尔和我在海滩上观察研究着岛上的动植物。一些笨拙的企鹅挤在岩石上,毫不畏惧地看着我们经过,甚至亲热地挤到我们的脚边。它们在陆地上看起来步履蹒跚,但是一到水中便十分灵活,经常被错认为是金枪鱼。它们喜欢群居的生活,不爱活动,但是叫声却大得惊人。在路上,我们看到很多企鹅筑的巢穴,这些都是供母企鹅下蛋用的。

| 第二十章 · 无人踏足的陆地 |

当我们说话的时候，很多企鹅便从洞中跑了出来。

我捡到了一个特别大的海鸟蛋，浅黄色的外壳上有着漂亮的花纹和少见的图案。这件难得一见的珍品，我估计值1000多法郎呢！

直到中午，太阳仍没出来，无法进行测量观察。也就是说，我们还不能确定是否已经到了南极。我心里很焦急，没有太阳就不能作各种观测。我看到尼摩船长靠在一块岩石上，默不作声，双眼盯着天空。看来他也很焦急，但有什么办法呢？最后，尼摩船长决定明天再来。

到了晚上，突然刮起了暴风雪，持续了两天才渐渐停止。

3月20日这天是春分，过了这天，南极就会有长达6个月的时间都是一片茫茫的黑暗。也就是说，春分这一天可能是能够见到太阳的最后一天。尽管现在看来，希望非常渺茫，但意志坚定的尼摩船长并没有放弃。如果明天还不能完成观测，我们只得放弃。还好，暴风雪总算停下来，雾也散去了，我祈祷这天能够测量方位。

尼摩船长还没来，我和康塞尔就率先乘小艇上了岸。这里依然没有什么变化。就是鸟很多，到处飞舞着，为这里增添了一些生命的气息。只是我突然发现了一些海洋类的哺乳动物——海豹。它们种类不同，数量很多，装下几百条船都不在话下。

"我的上帝，"康塞尔惊呼道，"还好尼德·兰没有一起跟过来。如果那个猎手来了，他会把它们杀光的。"

"康塞尔，你有点儿夸张了。不过，我相信他会把这些美丽的动物杀死几只。尼摩船长肯定不会同意残杀这些无辜的动物。"

"是的，先生。他是对的。"

这时已经是早上8点钟了，还有4个小时才能有效地观察太阳。于是，我和康塞尔一起来到一处港湾。在这里，到处都是海豹。

"这些海豹危险吗？"康塞尔问道。

"不危险，"我回答道，"除非你去攻击它们。海豹很注意保护自己的孩子，要是孩子有危险，它们就会变得很凶猛，把渔船撞翻是很正常的事。"

"保护孩子是它们的权利。"

"是的。"

时间很快就到了中午，太阳仍然没有出来，依然无法进行观测。我们返回到了之前小艇送我们上岸的地方。晚饭后我回房睡觉，入睡之前祈求明天太阳能出来。

第二天，太阳终于出来了。我和尼摩船长一起去观测我们的具体方位。此时雾气已散尽，天空一片湛蓝，太阳像一只火球，从地平线上缓缓升起来。正午时刻，尼摩船长开始观察测量。我的心跳得很厉害，如果航海时针指向正午，那我们就是在南极点上了。果然是！

尼摩船长看着我，用很庄严的语气说："南极！"

然后，他面朝大海展开一面黑色的旗子，中间有一个金色的"N"，他张开双臂大喊："我，尼摩船长，在1868年3月21日到达了南极！我占领的这部分土地，相当于人们已经发现的大陆面积的六分之一！"

第二十一章

冰墙大脱险

3月22日早晨6点,"鹦鹉螺"号驶离了 南极点 。晚上,它已经行驶到巨大的冰冻甲壳下面了。半夜,我忽然被一阵猛烈的撞击惊醒,还没来得及坐起来,就被一股力量猛地抛到了地上。很显然,"鹦鹉螺"号撞上了什么东西,发生了很严重的倾斜。我扶着墙板,慢慢挪动到客厅,看到那里的摆设都已经翻倒了。

之后,我听到嘈杂的脚步声和人声。尼德·兰和康塞尔也来到了客厅。

尼德·兰大声嚷嚷:"'鹦鹉螺'号肯定撞上了冰山,依我看,要想脱身可没那么容易!"

尼摩船长走进来,默默地看着罗盘和压力表,脸上有一丝不安。过了一会儿,他转过身说:"教授,这一次是意外事件。"

"很严重吗?"我急切地问。

"是的。一座巨大的冰山翻倒了下来,"他回答,"正巧砸中了在水底行驶的'鹦鹉螺'号。然后它从船身下滑过,把船顶了起来。现在,'鹦鹉螺号被夹在巨大的冰块之间了。'"

他说完,我们都愣住了。

原来,我们差点儿被冰山压扁,现在侥幸脱险,却被困住,而且也不能调换新鲜空气了。"鹦鹉螺"号这次被困在真正的冰洞中了,这洞有20米左右宽,里面是平静的水。我们要想出去,必须在冰山下找到一条通路。

它左右两边10米处,各竖着一道雪白炫目的冰墙。船上下方也有同样的冰墙,探照灯的光被四周冰墙反射,在冰块切面上闪烁出炫目的光彩。

"鹦鹉螺"号开始试探着向前行驶。凌晨5点,它的前端又发生了一次碰撞,冲角撞上了冰墙。我以为尼摩船长会

南极点

改变路线,绕过这些障碍物,沿着通道向前驶去。结果,"鹦鹉螺"号竟然迅速倒退,带着我们飞一般地退向后方。接着,船尾也撞到了冰墙。我不由得脸色发白,康塞尔和尼德·兰紧张地走到我身边。

很快,我们便得知,所有的出口都被堵住了。我们变成了冰山的俘虏!

尼德·兰的大拳头狠狠地砸在桌上,康塞尔沉默着一声不吭,我则盯着尼摩船长的眼睛。

尼摩船长镇定地说:"先生们,我们面临两种死的方式,被压死或者被闷死。现在,我们潜入水中已经有36小时了,'鹦鹉螺'号的空气还够使用两天。48小时之后,我们储藏的空气就会用完。"

"那我们想办法在48小时内脱身吧!"我说。

"也许我们可以试着把冰墙凿开。"尼摩船长说。

我的地理笔记

南极点

地球南端非常特殊的一个位置;

它是地球上没有方向性的两个点之一（另一个点是北极点）;

在这个点上,东、西、南三个方向完全失去意义,只有北方一个方向;

同样,有半年见不到太阳,全是黑夜,称"极夜";

因为地球的自转,南极点和北极点都是在不断移动中的哟;

在这里,太阳一年只升落一次,有半年太阳永不落,称"极昼"。

极昼期间太阳不落山。

我的地理笔记

北极

也叫作北极地区，指地球北极点及周围的地区；

包括整个北冰洋、周边海域、北极苔原和针叶林带；

北冰洋是一片冰封的大洋，周围是一圈冻土；

气候终年寒冷，是世界上人口最稀少的地区之一；

是世界上最小、最浅和最冷的大洋；

千百年以来，只有因纽特人生活在这里；

这里主要的动物有北极熊、北极狐、北极狼等。

他们是不怕寒冷的民族。

北极熊是冰原霸主。

"教授，"尼德·兰对我说，"我愿意去凿冰。"他跟着船员们一起去了船外。

经过探测，船身下方有10米厚的冰层，尼摩船长决定把冰层凿开，让船沉到水里去。

铁镐猛烈地敲击着，冰层一块块被凿开。两个小时后，尼德·兰疲惫不堪地回来了。康塞尔和我也加入了凿冰队伍。又两个小时后，再换另一支队伍去。经过12小时的努力，我们只挖去了1米厚的冰层。假如按照这个进度，得要4天5夜的时间才能完成任务。

情况很糟糕，但人人都决心坚持到底。到晚上，又凿去1米冰层。我回到船上时，差点儿窒息。船上的空气非常污浊，让人头昏眼花。

接下来的两天，我们还是拼命凿冰。因为潜水服上的空气箱直接通往储存空气的舱内，所以只有在凿冰的时候才可以呼吸到一点儿新鲜空气。但船两侧的冰水开始凝结，这让我无比绝望。幸好尼摩船长想出用开水喷射船身的主意，我们才脱离被冻住的危险。

27日，10米厚的冰层挖去了6米，剩下的还需要48小时才能挖通。

船舱内简直无法呼吸了，污浊的空气使我痛苦万分。康塞尔陪伴着我，他低声对我说："真希望我不需要呼吸，让先生能有更多的空气！"我感动得满眼热泪。

仅有的空气要留给凿冰人员使用，船上的人痛苦得无法描述。

终于，只剩最后1米冰层。在这样的危急时刻，尼摩船长仍保持着冷静的头脑，他决定用船的重量压碎剩下的冰层。

能否得救就看现在了！我感觉到船身在颤抖着，向下陷，冰层发出咯咯的破裂声，"鹦鹉螺"号渐渐往水中沉去。

"穿过冰层了！"康塞尔在我耳边低声说。我激动不已，紧紧握住他的手。

猛然间，"鹦鹉螺"号像炮弹一样飞速下沉。我躺在图书室的沙发上，不能出气，意识到临死的痛苦开始了，我就快要死了……

这时候，"鹦鹉螺"号仰起了船头全速猛力向冰层冲去。冰面被撞碎，巨大的冲击力使船腾空而起，又落在海面上。平台的盖板打开了，清新的空气立即像潮水般涌入"鹦鹉螺"号，我们终于得救了！

冲破冰山的"鹦鹉螺"号很快穿过了南极圈，向南美洲的合恩角方向驶去。尼德·兰知道后，说："这次又要去哪里？难道尼摩船长又想去 **北极** 看看？"

"很有可能啊！"康塞尔一个劲儿地点头。

"这样的话，我们就不能奉陪了！"尼德·兰坚决地说。

"不过，尼摩船长是一个杰出的人，我可不后悔认识他。"康塞尔补充说。

第二十二章

肉搏巨型章鱼

4月1日,"鹦鹉螺"号在中午前几分钟浮出海面,只见西边有条海岸。之后,船一直沿着美洲海岸航行在巴塔哥尼亚海域,然后驶过大喇叭形的拉普塔河口,沿着南美洲曲折漫长的海岸线始终向北航行。算算时间,我们成为"鹦鹉螺"号的俘虏已经有6个月了。我们走了17000海里,谁也不知道这次旅程什么时候才会结束。

4月3日上午11点左右,我们穿过了南回归线。尼摩船长不喜欢让他的船离人类居住的 巴西 海岸太近,用了惊人的速度驶过,这使得尼德·兰大为不快。

这样飞速的航行保持了好几天。4月9日晚上,我们望见了南美洲最东边的圣罗克角的海岬。但"鹦鹉螺"号又重新离开这里,潜入更深的海底,去寻找位于圣罗克角和非洲海岸国家塞拉利昂之间的海底山谷。

4月11日,"鹦鹉螺"号浮出水面,陆地在亚马孙河的入海口出现了。紧接着,我们穿过赤道,再往西航行20海里便能到达法国的属地圭亚那群岛,我们很容易在那里找到藏身之所。但海风一阵阵地吹,汹涌的海涛并不容许一只普通的小艇去冒险。尼德·兰一定明白自己的逃走计划破产了,因为他什么也没跟我提。

4月12日整整一天,"鹦鹉螺"号向荷兰海岸靠近,渐渐接近马罗尼河口。

| 第二十二章·肉搏巨型章鱼 |

我的地理笔记

巴西

南美洲面积最大的国家；

最初为印第安人居住地；

这里自然资源丰富，工业基础完整；

巴西人热爱足球运动，这里享有"足球王国"的美誉。

这几天来，"鹦鹉螺"号一直远离美洲海岸。显然，它不愿出没在墨西哥湾或安第列斯海海面的水波上。

4月20日，"鹦鹉螺"号航行在1500米深的水里。康塞尔、尼德·兰和我，在高谈阔论海底大型植物的时候，自然而然地提到了海底巨型动物，因为有海草就有吃海草的动物。可是，"鹦鹉螺"号平稳极了，几乎静止不动，从观景窗只能看到海草叶片上栖息的蟹类、海螺等，这也算是安的列斯群岛海域的特产吧。快要到中午的时候，尼德·兰让我看大海中一阵阵可怕的骚动。

"如果我猜得不错的话，这里应该是巨型章鱼的洞穴。"我说。

"真想亲眼看看这些大家伙,我听老人说过,它们的力气大得惊人,可以把轮船拉到水底下去呢!"康塞尔看着窗外,感叹道。

尼德·兰在一旁嘲笑康塞尔:"你说的事情根本不可能发生,因为世界上压根就不存在那样的东西!"

康塞尔一本正经地说:"我曾看到过一只大船被大章鱼拖到海底去了。"

"你亲眼看见的吗?"尼德·兰问。

"对,亲眼看见的。"

"请问,是在什么地方啊?"

"在圣马罗港教堂的墙上。"康塞尔回答,"那幅画里画着呢!"

"哈哈!"尼德·兰大笑起来,"原来是康塞尔先生在逗我玩呢!"

我笑着说:"教堂的画是根据传说画的,不过也有水手见过。1861年,差不多就在我们现在的位置,'亚列敦'号船员在海里发现了一只巨大的章鱼。他们用鱼叉和枪攻击它,可惜只打断了它的一条触须。受伤的章鱼潜入水中,很快就消失了。"

这时,站在窗边的康塞尔说:"那怪物是不是长6米左右,额头上长着一只巨大的眼睛?"

"正是。"

"它还有一张可怕的大嘴?"

"没错,康塞尔。"我答道。

"先生,"康塞尔平静地说,"如果窗外这个东西不是怪物章鱼,那才怪呢!"

尼德·兰和我急忙跑到窗边。

"太可怕了,这是什么怪物啊!"尼德·兰大喊起来。

这是一只6米长的超级章鱼。它飞快地跟着"鹦鹉螺"号前进,瞪着凶狠的蓝绿色眼睛,那颗可怕的大脑袋上长着8米长的触手,或者说8只脚,正不停地疯狂扭动着。

更可怕的是,在"鹦鹉螺"号的船身周围又出现十几只这样的章鱼!我听到它们把船身钢板咬得咯咯直响,一定是想把我们吞进肚子里!

这时,"鹦鹉螺"号的速度明显变慢了,船身一阵剧烈颤抖,停了下来。不一会儿,船渐渐上浮,但是没有继续前进。

尼摩船长走进客厅,来到窗前,看着那些章鱼,对身边的副手说了几句话。副手转身出了客厅。

我对尼摩船长说:"真是少见的章鱼。"

"是很少见,我的生物学家,"他回答我,"看来这次我们要跟它们来一场肉搏了。"

我一时没听明白他的话。"船长,您是说肉搏吗?"我重复了一遍。

"一只章鱼撞进了螺旋桨的叶片,船不能动了。"尼摩船长解释道,"浮上水面后我们要用斧子砍,电对这些家伙没用。"

尼德·兰急切地说:"船长,我可以用鱼叉来帮忙!"

说着,尼德·兰手里举着鱼叉,我们十几个人拿着斧子向中央扶梯走去。

一个船员站在楼梯最上一级,松开舱门开关。盖板猛地被掀起,一条又粗又长的章鱼触须像蛇一般钻了进来。

尼摩船长挥起斧子砍断了这根触须,我们拥上平台。两条扭动的触须一下子缠住了走在最前面的船员,这个不幸的人被触须死死勒住,眼看着就要窒息了,在空中摇来摆去。他惊恐地大叫:"救命啊!快来救救我啊!"这令人心碎的呼救声,我一辈子都忘不了。

然而令我惊异的是,这位船员竟是用法语在呼救,原来我还有一位同胞在这艘船上呢。

这时,尼摩船长大吼一声跳到了章鱼身上,抡起斧子,一条触须就被砍了下来。平台上的其他人都挥动着斧头,向别的章鱼砍去,他们拼命砍杀着。空气中弥漫着一阵浓浓的血腥味,真是可怕极了!

我们帮尼摩船长营救那个被缠住的船员。那只章鱼的7条触须都被砍断了,剩下的那条触须仍紧紧缠住船员不放,在空中不停地扭动着。正当这个船员就要获救时,突然间,这个东西忽然喷出一道浓浓的黑色液体,大家的眼前一片模糊。等这团黑雾消散之后,章鱼和那个船员都消失不见了!

我们忍无可忍了!怀着无比的愤怒,我们砍杀向其他的章鱼,潜水艇的平台上,到处都是鲜血和章鱼的黑色汁液,一段段的章鱼触须在地上扭曲翻转着。我们就像是在一群蟒蛇中间穿梭一样。尼德·兰挥动鱼叉,每一下都刺中章鱼的眼睛。可是突然,就在他一不留神的时候,他被一条触手卷倒在地,章鱼的大嘴向他伸来。

看着这一幕,我的心都要跳出嗓子眼了!绝不能眼看着尼德·兰被咬成两段!就在这千钧一发的时刻,英勇的尼摩

巴拿马运河

船长一斧子就劈开了章鱼的脑袋。尼德·兰获救了,他立刻站起来,把鱼叉狠狠地刺进章鱼的身体。

这场战斗持续了一刻钟。章鱼被打败了,它们死的死,伤的伤,没被砍死的都溜入水中不见了。我看见浑身是血的尼摩船长静静地站在探照灯附近,注视着卷走了他的一位伙伴的海面,大颗的泪珠从他的眼里滚落下来。

这一惊人场面,让我们无法忘记,我心情澎湃地把它记录了下来。

尼摩船长回到他的舱房中去了,有好些日子,我都没有看见他。这时的他应该是伤心、失望和彷徨的,这是自我们到"鹦鹉螺"号上以来,他失去的第二个同伴,我可以想象他内心的痛苦。"鹦鹉螺"号漫无目的地在大海上随波漂流了10天后,终于在 巴拿马运河 出海口望见留卡斯群岛后,才果断取道向北。

我的地理笔记

巴拿马运河

位于中美洲巴拿马共和国中部;

它横穿巴拿马地峡,长达65千米;

连接了太平洋和大西洋;

是重要的航运要道和"世界桥梁";

被誉为世界七大工程奇迹之一;

巴拿马运河由美国建造完成,1914年开始通航;

运河的开通让航船少走很多路。

它的通航,极大地缩短了美国东西海岸间的航程,比绕合恩角少了1.48万千米;

现在,这条运河由巴拿马共和国拥有和管理。

第二十三章

神秘的沉船

5月8日,"鹦鹉螺"号继续向北驶去,顺着大西洋暖流前行,距离北美海岸只有30海里。船上好像没有什么人管理和监督了。我想,在这种条件下,逃走是有可能成功的,的确,有人居住的海岸到处都给我们以方便的藏身之处,而且海上有许多汽船不断往来,还有小双桅帆船在美洲沿海各地担任沿岸航行的工作。

总之,现在是一个很好的逃走机会。

"事情必须结束了。"尼德·兰对我说,"教授,南极我已经受够了,绝不会跟他到北极去。必须跟尼摩船长挑明,让他还我们自由。'鹦鹉螺'号离我的家乡越近,我就越不想留在这里!我情愿跳到海里去!我要闷死了!"他显然是忍无可忍了。他的坚强天性决定了他不可能容忍这种无期限的囚困生活。而这一段时间以来尼摩船长深居简出,对我们不闻不问,与章鱼大战后变得更加沉默寡言,所有这一切都让我感到很失落、压抑。

"尼德·兰,你说的这件事,我会找机会和尼摩船长好好谈谈,也许是明天……"

"就今天跟他说吧!"尼德·兰说。

"好,今天。我这就去找他。"我答应着。

"那就多了一个去看他的理由了。"

我敲了敲他的房门,走了进去。他正伏在办公桌上工作,看见我之后,粗鲁地问:"您来干什么?"

他的态度让我很泄气,但我还是振作精神,硬着头皮把话说出来:"船长,我这次来是想问问,您如果还给我们自由……"

"自由?"尼摩船长站了起来。

"是的,船长,我来正是要对您谈这件事。我们来您船上已经七个月了,今天我以我的同伴和我个人的名义来问您,您是不是要把我们永远留在船上?"

"教授,这个问题7个月前我已经回答过了,你们永远不能离开'鹦鹉螺'号。"

"我们不是奴隶!"我气愤地说。

"教授先生,随便您怎么说都行。"尼摩船长毫不客气,"这是我们最后一次讨论这个话题,以后我再也不想听到。"

我不再争辩,退出房来。

我把谈话的内容告诉了两个同伴。"不能指望他给我们自由,逃跑吧!"尼德·兰看着我们说。

但在5月8日这天爆发了大风暴,之后,我们的船被抛到了东方,这让我们计划在纽约或圣劳伦斯河口附近陆地逃走的一切希望都破灭了。

5月15日,我们来到了 **纽芬兰岛** 暗礁脉的最南端。

纽芬兰岛

我的地理笔记

纽芬兰岛

北美大陆东海岸的大西洋岛屿,隶属于加拿大;

面积约11万平方千米,略呈三角形;

最初,这里是印第安人和因纽特人的聚居地;

1497年,意大利一位航海家发现这里,并为它命名,意思是"新寻获之地";

1949年,它加入加拿大联邦,成为纽芬兰省的一部分;

岛上有很多野生动物,比如麋、驯鹿、黑熊等;

这里有不少驯鹿呢。

这里还有著名的纽芬兰渔场,盛产鳕鱼、鲽鱼、鲑鱼等鱼类。

|海底两万里|

不列颠群岛

我的地理笔记

不列颠群岛

欧洲西北部大岛群，包括大不列颠和爱尔兰两个主要岛屿；

总面积有31.5万平方千米，海岸线绵长又曲折；

岛上有两个国家，即英国和爱尔兰；

东部有宽广的大陆架，是西欧最大石油和天然气储藏地；

这里还有著名的北海渔场，渔产非常丰富；

还有赫布里底群岛、奥克尼群岛、设得兰岛等约5000个小岛呢。

这里小岛很多哟。

"鹦鹉螺"号开始向东走，好像要沿着海底电线，向电线伸往的暗礁高地驶去。两天后，距赫尔斯堪敦港约500海里，我看见了放在海底下的电缆。这条长蛇覆盖着贝壳碎片，孔虫动物丛生，外层被包上了一层石质，保护它不受有钻穿力的软体动物的侵害。通过它，电讯从美洲传到欧洲只需0.32秒。

28日这天，"鹦鹉螺"号距爱尔兰只有150公里了。

尼摩船长是要在 **不列颠群岛** 登陆吗？不是。他又出人意料地向南行驶，回到了欧洲海域。5月30日，在船右舷，我们望见了英格兰岛极端和索尔林格岛之间的终极岛。

5月31日，"鹦鹉螺"号一直在海面上兜圈子，似乎是在寻找某个特定目标。中午,尼摩船长亲自来到平台上测量方位。他满脸忧郁,一句话也没说,看来他比从前更加难过了。我猜不出来使他心情忧伤的原因。

"就是这里!"在太阳经过子午线的前几分钟,尼摩船长吐出了这几个字。随后,"鹦鹉螺"号垂直下沉,一直到达830米深的海里。

客厅的灯灭了,玻璃窗上的嵌板打开了,四周的海水被探照灯照得通明。

左方有一堆黑影,我辨认出那是一艘船的残骸,被掩埋在一堆贝壳中。

尼摩船长缓缓地说:"法国曾建造过一艘战舰,'马赛'号,1762年下水,战功卓著。后来,法兰西共和国给它改了名字。1794年,就是在这个地点——北纬47°2′,西经17°28′,它与英国舰队发生激战,3支桅杆被打断,船舱中涌进海水,三分之一的船员失去战斗力,但这艘战舰宁愿带着它的356名水手沉到海底去,也不愿意投降敌人。船员们把共和国的旗帜钉在船尾,在'法兰西共和国万岁'的呐喊声中,沉入海中。"

"那是'复仇'号!"我喊道。

"是的,教授,'复仇'号,多美的名字!"尼摩船长交叉着双手低声说,眼里透出异样的光彩。

这艘爱国战舰的故事和"复仇"号名字的意义,深深地打动了我,它与尼摩船长有什么关系呢?我默默地注视着尼摩船长,他向大海伸出双手,火热的目光注视着那艘战舰的残骸。或者我永远不知道他是谁,来自哪里,到哪里去,但是我越来越清楚地意识到,把尼摩船长和他的同伴们关在"鹦鹉螺"号中的,并不是一种普通的愤怒情绪,而是一种非常奇特、非常崇高的仇恨。

第二十四章

海上激战

"复仇"号渐渐消失,"鹦鹉螺"号又回到了海面上。突然,我听到了一声沉闷的炮声。我看了看尼摩船长,他没有做出任何反应。

"船长?"我叫道。

他还是没有反应。

于是,我离开他,登上平台。康塞尔和尼德·兰已经赶在我之前来到了这里。

"从哪儿传来的炮声?"我问。

我的视线之内立刻看见远处有一艘船正快速驶向"鹦鹉螺"号,船上的人都看到了它加大马力,迅速追赶。它距离我们只有6海里。

"尼德·兰,你看那是一艘什么船?"

"看它的帆索船具,看它的桅杆高度,"尼德·兰急切地说着,"我敢打赌那是一艘战船!真希望它能靠近我们,那么我们就有机会逃跑了。到时候我会跳到海里去,我建议你们也照做。"

我正要回答,一道白烟从那艘船上射出,几秒钟之后,一颗炮弹落在"鹦鹉螺"号身后。"轰"的一声巨响,水花溅得船上到处都是。紧接着,我的耳边又响起了一声爆炸声,震得耳朵都要聋了。

"他们是在向我们开炮!"我喊道。更多的炮弹在船周围落下,幸好都没打中。

"别怕,先生……"康塞尔抖了抖身上的水花,这是另一发炮弹落入水中溅起来的。"别怕,先生。或许他们误认为我们的潜水艇是独角鲸,所以才向它开炮呢。"

"可是,他们应该能够清楚地看到我们是人啊。"我大喊道。

"也许正因为我们是人,他们才开炮的。"尼德·兰睁大眼睛直盯着我说。

我这才明白过来,原来人们早已经知道这个所谓的海怪的真面目了。现在,他们要教训它了。或许,当"鹦鹉螺"号与"林肯"号相遇的时候,当尼德·兰

拿着鱼叉投向"鹦鹉螺"号的时候，法拉古舰长就明白"独角鲸"是一艘比鲸更加危险的潜水艇了。

是的，肯定是这么回事。说不定人们正在各个海域搜寻这艘破坏力极强、令人害怕不已的潜水艇呢。

如果推断正确的话，那么尼摩船长就是在利用"鹦鹉螺"号进行报复，这实在是太可怕了！由此看来，那些合作追捕他的国家已经不再认为尼摩船长是一个假想中的敌人，而是一个确实存在着的敌人了！

我的脑海中一下子浮现出很多可怕的往事。在这艘向我们冲过来的战舰上的人，是敌人，不是朋友。

此刻，炮弹越来越密集了，但"鹦鹉螺"号并没有被击中。

"或许我们应该做点儿什么，表明我们是友好的。"说着，尼德·兰掏出手帕，准备朝着那艘军舰的方向举臂挥舞。但是，他刚刚把手帕举起来，就被一只突然冒出来的强而有力的大手打翻在地。

"你是想让我杀了你吗？"尼摩船长骂道，"是不是想让我在攻击那艘战船之前，先杀了你？"

尼摩船长的声音听起来可怕极了，他不是在说话，而是在嘶吼。

那艘战船离我们越来越近。尼摩船长的脸因为激动而显得苍白可怕，对着那艘战船嘶声吼叫："我知道你们是谁！你这艘该死的船！我认得你们！你们知道我是谁吗？现在就让你们看看我的旗帜！"

尼摩船长在平台上展开他的旗帜。此时，一颗炮弹飞过来，斜斜地打在"鹦鹉螺"号的船身上，弹了一下就落入海中。

尼摩船长毫不在意地耸耸肩，转身对我们几个人叫喊道："下去，你们都给我下去！我要彻底把它粉碎！"

"船长，您不能这样做！"我向他喊着。

尼摩船长冷冷地回答："我就要这样做！您别对我指手画脚！"

"这是哪个国家的船？"我不禁问道。

"这对您来说是一个永远的秘密。"

我们回到舱房中。很快，我再次冒险来到平台上，想劝说尼摩船长。

我刚要开口，他就激动地对我说："教授，请相信我是正义的。我深爱的亲人全死在他们的手里！所以我仇恨的一切，就在那里！"

"鹦鹉螺"号放慢速度，故意让敌人靠近。战船的炮弹像雨点般发射过来，爆炸声震耳欲聋。一番周旋后，"鹦鹉螺"号突然潜入水下，速度越来越快，整个船身都在颤抖。它突然向战船撞去，我听到船身破裂的声音。"鹦鹉螺"号从这艘战船身上横穿过去了！

此时的尼摩船长正沉默、忧郁、冷酷地看着窗外。

那艘战船的船壳被撞出了一个大洞，海水不断涌进去，淹没了大炮和船舱，甲板上的人在水中拼命挣扎，景象惨不忍睹。

我震惊地站在玻璃窗前，眼睛死死盯着窗外。那艘战船正慢慢地下沉，忽然船体爆炸了。我转过头来木然地看着尼摩船长，这个可怕的复仇者正目不转睛地看着眼前血腥的场景。

然后，他走向自己的房间，对着床头柜上的一个年轻女子和两个小孩的肖像，注视了他们几分钟，向他们伸出手臂，同时跪下，哭了起来。

"鹦鹉螺"号正以无比快的速度把我们带到北极海域中去。

第二十五章

逃离"鹦鹉螺"号

接下来的很多天,尼摩船长和他的船员好像消失不见了一样。没有人在地图上标记方位,我根本不知道我们目前的航行方向。

一天早上,当我醒来时,看见尼德·兰站在我的床边。他低声对我说:"我们逃吧,教授!"

我急忙站起来:"什么时候?"

"就在今晚。经历了上次战斗后,'鹦鹉螺'号像丢了灵魂,没人管理和监督了。"

我点点头,说:"是的,我们在什么方位?"

"今天早上,我看见东面20海里有一片陆地。管它是什么地方,我们一定要逃走!"

我的地理笔记

北冰洋

又称北极海、北大洋,意指正对着大熊星座的海洋;

位于北极圈内,是世界上最小、最浅又最冷的大洋;

面积仅为1475万平方千米,是太平洋面积的1/14;

北冰洋表面的绝大部分终年被海冰覆盖,是地球上唯一的白色海洋;

北冰洋中央的海冰已持续存在300万年了,属于永久性海冰;

这里,海豹、海象时常出没于冰水之间;

强悍的北极熊也是当地的捕鱼能手。

"好，我们今天晚上就逃，不论付出多大代价！"

"晚上10点，康塞尔和我在小艇那里等您。请放心，我已经在小艇上准备了水和食物。"他说完，和我握了握手就出去了。

这一天真漫长啊！约定的时间终于快到了。我把我的笔记本紧紧地绑在身上，穿上能抵御风浪的结实衣服。我的心跳得很厉害，几乎要蹦出胸腔来了。

我听到尼摩船长的房间里有脚步声。他还没睡，我心里更加紧张了。

这时候，管风琴的声音轻轻响起，多么忧郁哀伤的曲调啊！我全神贯注地仔细聆听，完全沉浸在忧伤的音乐之中。

快到10点了，我沿着黑暗的走廊，蹑手蹑脚地往前走，我的心简直要跳出来了！

客厅里没亮灯，一片黑暗，但管风琴的声音还在轻轻地响着。尼摩船长完全被忧伤的音乐淹没了，没有看见我。

我慢慢地挪到图书室的门边，忽然，我的耳边传来尼摩船长发出的一声长长的叹息。我的心一下子凉了，呆立在那里，一动也不敢动。在黑暗里，我听到他低声说出几句话，这是我所听到的他的最后几句话："全能的上帝啊！我受够了！"

这是他发自内心的悔恨和自白吗？眼看快到10点了，我再也不敢耽搁，飞快地跑出图书室，冲上楼梯，来到小艇旁。我的两个同伴已经等在那里了。

"我们走！快走！"我喊道。

"好，我们这就出发！"尼德·兰说着用力去拧固定小艇的螺丝。

突然，船内发出很多杂乱的声响，好些人在急急地互相答应。发生了什么事？难道是他们发现我们逃走了吗？

不过，我们听到一句不知重复了多少次的话，一句可怕的话，我恍然明白了"鹦鹉螺"号骚动的原因。船上的人不是针对我们！

"**北冰洋**大风暴！北冰洋大风暴！"船里的人不停地喊着。

北冰洋大风暴！"鹦鹉螺"号居然遇到了最可怕的海洋大风暴！

这么说，我们是走到 **挪威** 沿岸一带的危险海域了。这可怕的无情的夹在佛罗埃岛和罗佛丹岛之间汹涌的水流，会把船只、鲸甚至北极熊全都吸进里面去，没有任何东西能够安然逃脱！

"鹦鹉螺"号顺着大漩涡越来越快地转动，而且圈子的半径越来越小……多么危险恐怖的处境！一旦我们离开"鹦鹉螺"号，会立刻被吸入海底！

"大家别慌，再坚持一下！"尼德·兰叫着，"我正努力把螺丝拧上！紧靠着'鹦鹉螺'号，我们或许还可以得救……"

他的话音未落，小艇就飞一般地弹了出去，扑通一声掉入了大漩涡中。我的头猛地撞在一根粗大的铁条上，顿时失去了知觉。

当我醒来的时候，发现自己躺在挪威罗佛丹岛上一个渔人的家里。我的两个同伴，康塞尔和尼德·兰都安然无事，我们激动地拥抱在一起。我们谁都记不起来是怎样逃离，又是怎样得救的。

当时，我们还不能马上回法国，因为挪威北部和南部的交通不便，半个月后才会有一班经过这里去法国的汽轮。在等待回国期间，我把这次海底探险的笔记认真重新读了一遍，并加以整理，确保记录下来的内容没有一点儿夸张，没有一件事实漏记，都是真实的经历。

至于人们会相信吗？我并不担心。等到科学进步的那一天，人们会在海底自由来去。也许没有人会相信我的记录，不过没关系，我还是想讲讲这些海洋，讲讲这次穿过了太平洋、印度洋、红海、地中海、大西洋、南北两极海洋的海底环球旅行。在不到10个月的时间里，我跟着"鹦鹉螺"号竟然在海底走了2万海里！这是多么神奇又不可思议的经历啊！

可是，"鹦鹉螺"号怎样了？它逃脱了恐怖的大风暴吗？尼摩船长还活着吗？他还在海里继续他的复仇事业吗？他真正的名字叫什么？来自哪个国家？我多么盼望知道答案。

我真心祈祷"鹦鹉螺"号已经脱离了危险，依然像过去一样自由自在地在海底航行。希望倔强的尼摩船长已经消除了心里的仇恨，恢复了内心的平静，继续着探索海洋的伟大事业。

我想起了《圣经》中提出的问题："谁能猜透深渊的最深处呢？"在这个世界上，只有两个人有权力回答这个问题：一个是尼摩船长，另一个就是我。

我的地理笔记

挪威

即挪威王国，国名的意思是"通往北方之路"；

位于斯堪的纳维亚半岛西部；

三面环海，沿海岛屿很多，被称为"万岛之国"；

它的邻国有瑞典、芬兰、俄罗斯、丹麦，西边则靠着挪威海；

海岸线长2.1万千米，沿岸有不少天然良港；

挪威人非常喜欢握手，在与陌生人见面时，都要先握手；

世界上第一个到达南极的人，就是挪威人阿蒙森。

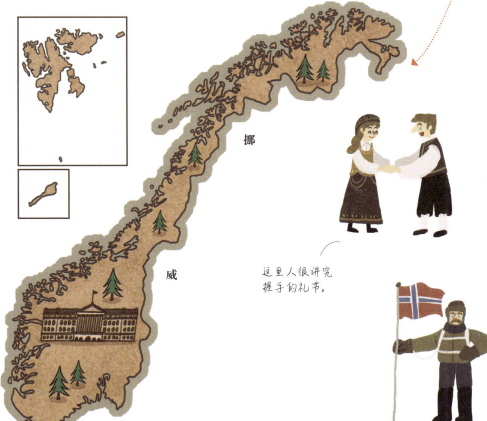

这里人很讲究握手的礼节。

编辑统筹:尚青云简·张艳

文字撰写:柚芽图文设计工作室

装帧设计:丁运哲

美术编辑:尚青云简·玉琳儿

插图绘制:孙晓睿